KB135193

리문호 명상 시집

오월의

잔디밭에 누워

리문호 명상 시집

오월의 잔디밭에 누워

리문호 지음

나의 시는 다만
그리움의 봉분 위에 자란 풀꽃일 뿐,
설사 가시 털이 돋아 있다 하더라도
악의 없는 부드러운 사랑일 뿐,

나의 시는 다만
잔잔한 가짐으로 헤매는 미풍일 뿐,
설사 물안개가 끼여있다 하더라도
열망하나 지니고 방황하는 추구일 뿐,

나의 시는 다만
산간계곡을 새여 흐르는 실 계수일 뿐,
설사 눈물이라 하더라도
모든 생명의 찬가를 부르는 축복일 뿐,

나의 시여,
커피에 우유보다 향기롭지 않아도
침 발라 돈 헤는 소리보다 감미롭지 않아도
네온 등 불빛에 소외 되여 미지를 떠돌아도

나의 시는 다만
청향 한 점 풍기려는 풀꽃일 뿐,
꿈 한 자락 지닌 미풍일 뿐,
밝은 세상에로 흘러가고 푼 계수일 뿐…

‖ 차례 ‖

제3집 고향이여 잘 있는가

제5집 서울 연가

제1집 가을 나비의 명상

가을 나비의 명상

날개는 가벼워 졌어도
날기는 힘들어졌네

기진한 나비 한 마리
시든 들국화에 앉아 옛 꿈을 허비네

날아 온 길은 멀고
날아갈 길은 보이지 않네

더 날려도 앞길은 적막한 찬바람
다시 돌아 갈려도 계절은 떠나 버렸네

무수한 꽃 빛 속을 날던 화려한 시절
촉수에 미소만 엷게 묻어있네

세월에 찢긴 두 날개 살포시 접고
행복했던 나날의 명상을 떠 올리네

마지막 가을빛 고와

날개에 옛 기억의 그림들이 흐르네

2020.3.19. 서울에서

가을과 단풍잎

가을은 먼저

단풍잎에 발을 사뿐 들여놓네

모질긴 기다림이

실 피 줄에 있어 그러 노라네

한 장의 애틋한 엽서

정열로

빨갛게 타는 글들을

가을 향해 낭독하고 있노라네

눈물이 마른 검 버짐

그리움이

얼룩진

추억의 노래가 있노라네

만남을 위한

마지막 수줍은 웃음

그 웃음에 모든 애달픔이 숨겨

저리도 곱노라네

가을의 바다 가에서

파란 하늘이 물든 바다는 더 푸르러

여름내 수많은 환열이 다 지워진

한적한 바다 가를 홀로 걷는

질펀한 추억의 발자국은 비장하고 쓸쓸하다

백사장에 홀연 나타난 저 우아한 백조

언제 어디선가 본듯한 녀인

바다 바람에 헝클어진 머리칼 날리는 사색

파도 소리 왜 저리도 아름다울까

순간 포착하여 연속 사진을 찍는다

찰칵, 찰칵, …

이 세상에서 가장 명작이 될 듯한

원근과 명암이 불명한 인상파 사진을

집에 와 흐뭇이 사진을 번져 보다가

깜작 놀랐다, 그 여인은 보이지 않고

하늘은 허무한 하늘

바다는 허망한 바다

그 여인은 내 마음의 초점에서 나와

눈빛 렌즈 속에 찍힌

아, 잊지 못할 사람

2019.10.9. 서울에서

겨울 밤에 필을 들고

하늘은 검푸른 얼음장

동그란 달 하나 기척 없이 미끄러져 간다

날아가는 기러기 없이 휑그렁

그 아래 멀리 어딘가로 그리움이 가는

기차 바퀴소리 실 날처럼 가늘고

한적 속에 등불 빛만 조용히

무엇을 사무치게 기다린다

시 한 줄 써 내려가지 못한

원고지도 설야

지평선에 잇대어 있다

떨리는 필을 놓는다

순백을 낙서 할 용기가 없다

순백은 순백으로 남겨놓자

2018.12.19. 서울에서 수개

고요한 명상

잠잠한 고요 속으로

차 잔의 향기가 젖어 흐르면

고요는 더 고요한 공간을 당겨오고

멀리 슴배어 오는 첼로의 선율이

간간이 고요를 건드리면

고요는 은근한 색깔로

포근히 물들어 퍼진다

대 숲의

궁근 참 대 마디에서

새여 나오는 부드러운 고요가

차 향의 고요와 서로 안고 스미면

수묵 산수화가 떠서

수풀 사이를 안개처럼 흐른다

고요 속에 가만히

몽롱한 물안개를 밀어가면

나는 보이지 않는

무색의 허영으로 날아 다닌다

미풍처럼 흔적도 없이

감기여 끌려 오는

시어와 시행들이

잔 파문으로 반짝인다

나는 지금 빛을 줍고 있다

2019.5.28. 상해에서

고요한 얼굴

커피잔에 비낀 고요한 얼굴

몰-몰 이는 향기가 어렸네

깊은 사색이 떠 올려 숨긴

홀로의 고독한 아름다움

멀리서 바라보면 -

그의 얼굴은 교교한 달처럼

내 마음의 호수에 잠겨 흐르네

일렁이는 잔 파문에 실려

결음 마다엔 시정으로 반짝이네

그 녀는 누구일까 -

첼로의 저음이 자아내는 선율속에

표정 없는 고아한 우미로움

이 세상 어느 모르는 곳에서 찾아 온

내 시심의 단아한 녀신 -

나의 시선은 끝없이 빨려 들어가네 -

혹시 내 마음이 오래 전에 그린

상상 속의 환영이 아닐까

그 고요한 얼굴에 내가 침몰해 가라앉는

미망한 야공(夜空)

그의 고요한 얼굴엔

나의 넓은 시상의

공간과 시간이 있네

나는 만유(慢遊)하네 그 얼굴빛 속을

2018.12.17. 서울에서

기억은 바람 타고

기억은 바람 타고 요리 저리

산림 같은 빌딩, 청사, 아파트를 빠져 나가

눈송이 배꽃처럼 날리는 광야를 지나

아지랑이 애틋이 손짓하는 5월로 갑니다

금잔디에 앉아 화초와 정답게 약속하던 곳

파란 하늘에 명랑한 웃음 은방울 굴리던 곳

호랑나비 날개에 꿈을 실어 도시로 날던 곳

기억은 바람 타고 오마 하던 고향으로 갑니다

봄빛 따사한 깃을 흔들며 멧새가 묻습니다

행복하시나요, 도시로 가더니

반가 와라 해물해물 아양 떠는 청초들이 묻습니다

도시는 먹고 살만 하던가요

기억은 쓴 웃음만 지으며 대답 않고

초가집 처마아래서 자장가에 졸기도 하며

산기슭 나물 캐는 청순한 노래에 취하기도 하며

봄바람 가득 부푼 동화 속으로 잠기어 갑니다

기억은 바람 타고 화창한 5월의 언덕으로

꽃잎처럼 날아갑니다, 꿈처럼 빠져 듭니다

2015.12.5. 상해에서

나는 배 사공이 되여

낙타 등처럼 움츠린 산들 사이에

물결이 수정 빛으로 반짝이는 흐름 타고

나는 가끔 나무배를 저어가는 사공이 됩니다

파란 하늘의 흰구름이 배전에 갈라지고

물새들의 울음이 파란 옥 빛으로 어린

꿈결 같은 산수화 속을 노 저어 갑니다

이랑 이랑 간질거리며 일어 나는 마음

저 배 머리에 앉아 주실

부드러운 광채를 품은 님은 없나요

단아한 한복을 강바람에 하늘거리며

풍경화 속의 온화한 꽃이 되여

웃음을 향기처럼 풍기며 선경을 즐길 님은 없나요

환몽을 노 저어 갑니다

강산이 아름다울수록 적막한 심정

하나의 노래가 되여 푸른 하늘에 울려갑니다

아, 세상은 넓고 아름다워도

왜 이리도 외로운가요

외로워 세상이 더욱 아름다운가요

2020.3.17. 서울에서

나의 그리움은

나의 그리움은

숲 속 나무의자에 단풍 한 잎 떨어져

그림 같은 정적에 잠긴

하염없이 무엇을 바라고 있는

그런 그리움인가 봅니다

나의 그리움은

나무 잎새 사이로 흘러내리는 해 빛

산 기운에 한줄기 댕기를 풀어 내리는 정오

졸음을 끌고 무한으로 가는

그런 그리움인가 봅니다

기쁠 것도 슬플 것도 없이

소리 없이 흐르는 마음의 흐름

색깔도 형태도 없이 은은히 흐르기만 하는

그런 그리움인가 봅니다

조용한 눈빛에 아지랑이 걸려 가물거리며

멀리 어디를 향해 가는

가도 가도 허공인

그런 그리움인가 봅니다

아무도 보이지 않는 것이 그리움인가 봅니다

허영을 찾아가는 것이 그리움인가 봅니다

우주의 고요 그 끝은 어디인가요

끝을 가도 만나지 못하는 그런 그리움인가 봅니다

나의 그리움은

사뭇 고요를 자아내는

귀뚜라미 울음 소리가

우주에서 들려오는 그런 그리움인가 봅니다

2019.10.24. 서울에서

눈이 내리는 밤에

호젓한 어둠 속으로 눈이 내리네요
어찌 이리도 조용하게 내리는 가요
가슴이 두근거리는 소리, 들숨 날숨 소리만
저 설야로 잔잔히 스며 가네요

고요한 우주가 내려서 인가요
그 속으로 눈 바리 하나 미끄러져 오네요
한 점이 되여, 아무리 보아도
한 점이 되여, 도저히 가까워 오지 않네요

나의 시선이 그 곳으로 아득히 눕혀지네요
오는 것 같아, 올 것만 같아
노란 수건 깃발처럼 흔들어 볼까요
내 여기 몹시도 기다리고 있노라고

누구 일가요, 추억 속에 찾아도 없는 그대
동화의 나라에서도 보지 못한 그대
내 마음속에나 있을까요
허영만 눈 바리 타고 오는가요

아, 빈 그리움, 허울인가요

비록 허울이라도 오는 듯 해

이 밤의 묵념은 채색으로 아름다워 지네요

슬프지 않아요, 고독하지 않아요

이렇게 밤 깊어 가는 밤은 …

2019.12.25. 화원신촌에서

달밤의 명상

달밤, 희미한 먼 산발이 고요히 비껴 고이고
가늘한 실버들 몇 오리 드리워 내린 호수
잔잔한 달빛 비단결 위로 조각구름 같은
작은 배 한 척 명상을 밀어가고 있다

가만히 노 젓는 물소리에 머문 한가한 시간
파문 지어 흔들리는 너울에 잠겨 흐른다
한 자락 한 자락 퍼져가는 물 그림자에
담백한 수묵화들이 달빛 머금고 일렁인다

은근히 은근히 저 아늑한 기슭에서
간간히 아물거리는 호젓한 등불이 손짓한다
오늘 밤에도 그 차 집에서 부어주는 녹차 한 잔
갈색 차 잔에도 차 한 잎 배처럼 떠있다

한 생의 시름이 펴지는 고요 속으로
무아가 녹아 있는 절경
버들잎에서 별빛이 떨어지는 물방울소리
벅찼던 인생도 청정한 물방울 소리로 들린다

2019.10.10. 서울에서

달빛 속으로

달빛 속으로 실안개 흐르는 심사
애달-애달 떠서 천천히 가기만 하네

벌 방을 지나 수림 속 나무들을 에돌아
실개천 물소리에 스며 가기만 하네

흰 박사 치마의 우아한 님은 못 본척
달빛 교교한 자태 따라 가기만 하네

누리가 달무리에 은은히 잠겨 들면 그대는
바다의 피안 어느 그리운 곳에서 오시는 가요

내 마음의 해안선을 스쳐가는 모습
달려가도 달려 가도 만날 수 없네

그대 몸의 계화 꽃 향수가 달빛에 스며
이 밤은 어이 이리도 아늑하게 아름다운가요

달빛 물결로 가득하게 넘실거리는 마음

헛 꿈이 아니기를 느긋이 바라 기다리고 있어요

2019, 11,11 서울에서

도화꽃 피는 강남에서

도화 꽃 꽃물 들어

이랑이랑 물 무늬도 꽃잎

쪽배도 꽃물 들어

꽃잎 같은 목란주(木蘭舟) 저으면

내가 꽃물 들어

마음도 꽃 물결 이는데

솔솔 가슴 젖는 강남 정

봄 바람에 어딜 보내리요

혼자 꽃물 든 즐거움

빨갛게 뻗는 외로운 배 길 −

동 짓 날 밤에

인천항 낮은 배 고동소리가 등재기에 걸린 밤
검은 미역 냄이 서울 거리에 소요하며 흐르네

지루하게 긴긴 야밤 애수에 젖어
커피 한 잔 놓고 향기에 그리움 잠겨 들면

커피 향 보다 더 향기로운 사념이
허영을 이끌고 김 무리에 감쳐 오르네

누구이실까 모르면서 알 듯 한 사람
어디선가 얼결에 스쳐간 사람

아니, 그는 나의 가장 아름다운 시신(詩神)
바다 건너 나의 그리움에 어려있네

이제 나는 그 마음이 가는 대로 필을 달려야지
동짓날 밤 긴긴 어둠의 종이에
별 빛을 찍어 시를 써야지, 반짝반짝

2018.12.22. 동짓날 밤에 서울 뜰안채에

딱정벌레

추억을 등지고 딱정벌레가 기어오누나

따스한 해볕 속으로 지나간 세월을 끌고

동화 속의 소녀야, 너의 바이올린에

딱정벌레가 기여 오누나, 어서 바이올린을 켜다오

빨간 날개에 새겨진 까만 점들

고락의 흔적들이 왜 이리도 아름답냐

소녀야, 인생이란 한 곡조 우미로운 노래

바이올린을 켜다오, 나는 고요히 듣노니

너의 바이올린 연주를 들으면

공기가 주홍색으로 물들어 온정에 잠기누나

시간 속으로 나오는 저 딱정벌레가

왜 저리도 도고한 침묵으로 기여 오느냐

심사 숙고하는 철학가의 자태

내 삶음도 그렇게 깊어지누나

살고 있다는 것은 가장 행복하겠지

소녀야, 바이올린을 켜다오

고음 저음의 선율속으로 딱정벌레가 기어오나

2019.12.30. 화원신촌에서

무심(無心)의 경계(境界)

무심은

백로가 거울 수면에서 유유히 발 저어 가며
옆으로 늘여 보내는 올올 실오리 물결
하늘의 해가 걸려 반짝반짝 자맥질하는

청초한 잎에서 고요가 미끄러져 수면에 내리고
수양버들이 파란 옥 잎 주렁주렁 꿰여
물결에 길게 드리워 푸른 동요를 푸는

저 멀리 담백한 수평선에서 쪽배 한 척
붓끝에 흘린 점 하나로 떠 있고
그 위로 여백의 하늘 담은

아무 생각 없이 바라보고 있을 적
하늘에 가만히 떠가는 흰 구름에 마음 얹어
가는 대로 가라고 내 맞긴 경계일레라

바람아, 너는 누구냐

들에 나서면

고운 해 빛 감아 안고 불어 오는 바람아

누구일까, 촉촉한 입술이 귀를 소근거리는 듯

누구일까, 동정이 귀밑을 간지럽게 스치는 듯

손에 어루 만지는 치마자락 같아

너나 잡으면 잡히지 않는 바람아

따스한 감각이 가슴으로 솔솔 녹아 들어

마음은 한껏 부풀어 풍선처럼 뜬다

너의 주홍 색 치마에 세상이 물들어

나를 못 견디게 끌고 가는 바람아

아무리 홀리워 따라가 봐도 보이지 않는 너

바람아, 너는 누구냐, 너는 누구냐

2018.10.30. 화원신촌에서

반 달 눈

나 보기가 싫어

한 눈은 질끈 감고 얼굴 돌렸소

그래도 보고파

한 눈을 뜨고 갸우뚱

바라보고 있소

한 눈이라도

훔쳐보는 눈에

정이 이글이글하오

마음이 부풀어

한 송이 구름이 되어

바람 따라 가오

정처 없이 가오

고 반달 눈이

내가 가면 저도 가오

내가 멈추면 저도 멈추오

그러다 한 눈마저 서산에 감추면

나는 휑하니 외롭소

홀홀 단신

어디가 어딘지 모르게 외롭소

짝 사랑이란 그런 것이였소

2018.12.28. 서울 뜰안채에서

별이 앉아 있다 간 자리

별이 앉아 있다 간 자리

고요한 얼굴

애틋한 그리움이 남아

흔적을 반짝이네

눈동자엔

밤 하늘이 잠겨있고

볼엔 흐르다 멈춘 눈물 방울

영롱한 별이 들어 맴도네

사념이 야공(夜空)으로 뻗어

그리움을 보내는 아늑한 예쁨

기나 긴 밤

무한이 어려 명경 같네

2018.12.19. 서울 뜰안채에서

봄 기슭

융단을 깔은 듯 포근한

산기슭 잔디밭

파란 결에 누워

몸을 풀어 널자

부드러운 미풍이

살결을 어루만지는 해 빛 아래

기지개를 쭉 펴고

세례를 받자

외서 사느냐 묻지를 말 어라

어느 세월에 사느냐 묻지를 말 어라

유독 정다운 이 곳

모든 것 잊고 흠뻑 즐기자

세상의 아름다움에

포옥 묻혀

온화하고 달콤한 명상에

하르르 신록으로 흐르자

봄

폭 묻혀 죽고 싶은 날이 있었다

비단 치마 같은 잔디에 나른히 누워

부드러운 바람이 어루 만지고

따사로운 햇살은 아양 떨고

옆의 고운 꽃이 혼을 빼던 날

2020.1.23. 화원신촌에서

살랑 바람

보들 보들 살결 같은 살랑 바람 분다
옥지(玉指)에 햇살을 감아 어루 쓸며
웃음 한 송이 띄워 아지랑이 살랑대 듯
향긋한 꿀 냄 바람이 분다

살랑 바람에 살랑살랑 번지는 갈피
어디 즘 숨어 나를 살랑살랑 흔들까
샘물처럼 해물거리는 빨간 꽃잎
내가 물들어 살랑살랑 바람 든다

잊을 리야, 잊을 리야, 그날의 살랑 바람
살랑 바람에 내가 풀처럼 스러져
꽃 한 송이 피우려 할 무렵엔
살랑 바람은 강 건너 멀리 사라졌다

오늘도 살랑살랑 바람이 분다 만은
허기로 매끈하게 불기만 하고
살랑살랑 풀밭 스친다 무시로
파르르 누웠다 일어 났다 한다

2019.5.25. 상해에서

새 각시

궁궐 집 새 각시 구름문 살짝 열고

부끄럼 없이 속 옷을 걸치고 다니네

하얀 버선발 삽뿐 삽뿐 아지랑이 밟으며

얌전하게 산천을 여기저기 소요하네

긴 치마에 끌리는 어제 밤 홍분이

연분홍 꽃망울 송이송이 떨어져 꽃을 피우네

만산에 찰랑거리는 부끄러움

숨긴 웃음은 고운 진달래….

2019.1.3. 서울 뜰안채에서

설 야

다 갔다, 여름도 가고 가을도 가고

열정도 가고 애상도 가고

기다림과 그리움도 가고

허허 광야는 백설이 펼쳐진 여백만 남았다

마음을 괴롭히고 아프게 하던

가시 같은 뼈를 소묘해 넣은

듬성듬성 나무들만 앙상한 설야를

홀로 가자, 정념이 없는

무한 속 저 하얀 지평선으로 가자

바즈작 바즈작

얼마나 무거운 생각에

이다지 고달픈 소리가 아직 묻어나는가

다 털어버리고 홀가분한 가벼움으로

미풍에 불리워 눈 위를 가자

한 송이 구름 같은 마음가짐

흔적도 내지 말고 아득한 곳으로 가자

대지의 잠결에

작은 희망마저 묻고 공심(空心)으로 가자

하늘은 투명하고 대지는 백일 색

오로지 따사로운 햇살과 함께 가자

가다가다 어디에 녹아버리자

봄날엔 새로움으로 신록이 되여

저 앙상한 나무 가지에 파랗게 몽알 지자

희망이 꽃이라면 그때는 꽃으로 피자

제2집 그대의 달빛속으로

그대의 달빛 속으로

그대 드넓은 시심의 정원은

고느적한 정서가 깔려있다

영감이 아릿다운 단풍잎은

오렌지 빛을 하나 둘 떨어지고 …

비몽사몽 명상이 은은히 흐르는

교교한 달빛 은가루 날리는

그대의 시상 속에 들어가 나는

의자에 유적한 심사로 앉아있다

꿈 같은 길이 비단처럼 펼쳐진

아늑한 유보도 길에서

나의 상상은 낙엽을 삽뿐히 밟으며

그대의 여신 같은 그림자를 미행한다

슬그머니 눈을 감고

향기로운 체취를 음미하면

경음악 음률 따라 흘러가는

우유 빛 곡선미의 흐름

우아한 드레스 물결

단풍잎 사락사락 스치는 소리

가늘게 마음을 비집고 들려오는

바이올린 줄의 잔잔한 떨림 소리

인생사 많고 많은 험산준령

그대의 시심에 잦아들어

선경보다 아름다운 경계

담백한 유화가 그려져 있다

시의(詩意) 속에 깊이깊이 들어가

천 년이고 만년이고 몽유하며

만유(慢遊)하고 싶다, 아득히 물결치는

시신의 단풍 길 시정 …

2018.11.20. 화원신촌에서

고독한 꽃

천 년의 이별은 오늘에 사무치고
오늘의 이별은 천 년에 사무친
그 처절한 비원의 이름은
상사화, 상사화

삼생석의 눈물 천 년의 고독에 부어
떠 올린 나하교 다리에는
이승에서 만나지 못 할 연모의 정이
슬픈 실 날을 늘여 바람에 날리네

잊자고 잊자고 맹파탕을 들어 마셔도
잊지 못하는 그 절절한 그리움
칠월의 상설이 되어 한으로 맺고
안개 자욱한 망천하 기슭에서
애상에 잠겨 눈물을 머금었네

이승과 저승의 손 다을 거리에
아득한 그리움은 꽃물이 들어 자홍색
수심의 눈빛을 떨구고

님을 기다려 가는 세월을 애타게 바라보고 있네

그러다 낙화하면 열매도 없이

나하교를 건너야 하는 먼 길

탄원의 눈물이 금세의 하늘을 흘러

대지는 우울에 잠기네

아, 그의 대비대원

그 아름다운 절규,

비운을 마음속에 눌러 품고 있어

너는 이 세상에서 가장 예쁜 꽃

상사화, 상사화 −

2018.12.2. 화원신촌에서

망천하(望川河): 불교적 민간전설에서 황천으로 가는 길의 강
나하교(奈何橋): 망천하에 놓인 다리
맹파탕(孟婆湯): 황천으로 갈때 이승의 고뇌를 잊고 가라고 맹파 할멈이 망천하의 물로 끓인 약탕
삼생석(三生石): 전세, 금세, 내세를 의미하는 것으로 환생의 길가에 놓인 돌

공연이 눈물겨워 올 때가 있어요

눈물이 눈 굽을 촉촉이 적셔 줄 때가 있어요
슬퍼서도 가엾어도 아닌데
아무 생각 없이 허수아비처럼 먼 곳을 바라보다가
공연히 눈물 겨워 올 때가 있어요

지평선에서 지는 장미 빛 낙조가
내 안에 들어와 꽃 살처럼 펴질 때에도
높은 백양나무 가지에 요람 같은 까치 둥지가
담백한 색지에 우두커니 그림처럼 그려질 때도

왜 이러는지 나도 나의 마음을 알리 없어요
눈에 보이는 것. 귀에 들리는 것
바람이 스치면 머리에 떠오르는 것일 수록
자꾸 눈물이 겨워 올 때가 있어요

살다 보면
공연히 눈 굽을 촉촉히 적셔 줄 때가 있어요
이런 눈물이 있어 사는 것이 사는 것 다운가 봐요
눈물엔 살아 온 많은 것이 담겨있어 그런지도 몰라요

그대의 꿈

그대는 지금 자고 있겠지요
대낮의 긴장된 살결을
침대에 흘러 풀고
공주처럼 단아하게 꿈 꾸고 있겠지요

제가 그대 모르게 살그머니
그대의 꿈 나라로 들어 가는 줄 모르지요
조용하네요, 네온 등 불빛들은
호젓하네요, 가로등 희미한 거리는

저기가 그대 꿈나라 궁전인가요
그리운 별이 반짝이고
조각달이 걸려 있는 ,그 아래
채색 구름이 띠같이 감겨있는

아, 환상의 세계네요
아름다운 숨결이 흐르는
우유 빛 살결이 잔잔히 파문 짓는
신화 속 미모의 영혼이 누워 있네요

우르러 보면

교아(皎娥)한 별이 첨탑 우에서

눈부신 향운(香韵)을 뿜고 있네요

내일의 여명에 색깔을 물들이며

또 하나의 날이 밝아 오면

저는 꿈속을 벗어나 가만히 나옵니다

뜨는 태양은 찬란하네요 그대를 위해

그대는 거뿐한 발 걸음으로

오늘의 하루를 희망차게 걸어가겠지요

2018.12.19. 화원신촌에서

그리움

눈을 뜨면 달이요

눈을 감으면 님이네

보고프면 눈물의 강이요

찾아 보면 달빛뿐이네

잠 못 드는 밤엔

강물에 달빛 흐르네

멀리로 간 꿈

여기는 허공

어이 이토록

아득한가

2018.12.19. 서울 뜰안채에서

나의 별

베란다엔 의자가 있다

해진 저녁이면

내가 앉아있다

커피 한잔 들고나와 누구와

이야기 하려는 심사 –

누구를 만날 수 있을까

유심히 하늘을 바라보면

등불 반짝이는

무수한 귀틀집

그 중에도

유난이 밝은 등불 하나

누구일까, 한 여시인이

필 끝 움직이는 소리 따라

대기에 반사되어 오는

다야몬드 눈빛

밤 하늘은 그녀의 시심에서

구김 없이 온유하고

레이저 빛 상상으로

가득 찼다

밤 하늘은

몽환 같은 그녀의 하늘

나는 의자에 날개를 달아

그녀의 하늘로 몽유한다

눈에 번지는

아름다운 환영들…

그 녀의 시 세계는

블랙홀

커피향도 빨려 들어가

나의 길이 된다

아, 그 별

누가 그리워 머금은

눈물

하롱하롱

시정이 반짝인다

오늘 밤은

왜서인지

잠을

이루지 못하겠다

2018.4. 일본에서

눈

4월의 배꽃처럼 한결 정다운

하얀 추억의 꽃잎이 보송보송 내린다

멀리로 아득히 가 닫는 그리움

봄날의 나비인양 팔락이며 난다

어느 날 흩날리는 배꽃 속에 기억했던 그를 만날 것 같아

세상은 지금 차가운 정이 가득 무르녹아 있다

수줍어 홍조 어린 뽀얀 얼굴

날리는 배꽃에 감춘 미소는 향기로웠다

하염없는 하염없는 순백이 아름다워

그 속에 폭 빠져 숨을 거두고 싶었었다

그 날인 듯 광야에는 배꽃 향기 은은하다

언젠가의 4월로 꽃잎 속을 날아간다

2014.11.20. 심양에서

눈이 내려요

눈이 내려요 아주 고요히 고요히

그대 눈빛 천리에 눈이 내려요

간절한 속삭임 누구에게 들려주고 싶나요

앞은 모두 하얀 허공인데

아무 표정 없군요, 광야엔 눈만 내려요

그대 속 눈썹에 백설꽃이 피었네요

깜박 안 해요 먼 곳만 하염없이 응시할 뿐

이 그리움이 어찌 그렇게 우아할 수 있나요

깊은 속엔 인내한 아픔이 섬광을 반짝이네요

과거의 절망을 헤쳐나 온 발자국은

흰 눈 위에 피 빛으로 물들어 있네요

눈발이 어루만지며 잊으라고 고이 덮고 있어요

이제 그 발자국 하나하나가 숨을 쉬고 있어요

봄 기운이 살아 나겠죠

꽃나무가 망울 터트리는 날

오는 봄은 더 없이 화창할거예요

그대 고아한 기질엔 옥 빛을 담았어요

그 빛이 어쩌면 이토록 향기로울 수 있나요

내심에서 물씬 풍기는 시 향인줄 몰랐네요

드디어 미소 짓네요 참, 혼미하게 예쁘네요

눈이 내려요 설궁 속에 그대가 서 있어요

빙설같이 아름답고 결백한 드레스를 입었네요

세상은 더는 공허하지 않아요

그대의 웃음으로 꽉 찼어요,

그 웃음이 봄빛이 되여 오겠죠 …

꼭 그럴거예요

2018.11.18. 화원신촌에서

돌 같은 여자

향기 풍기는 꽃보다는

믿음이 더 가는 돌

값진 비취 보다는

아무렇게나 내버려둬도

잃을 걱정 없는 돌

문뜩, 어디서 뜻하지 않게 굴러와

하필이면

내 가슴에 배긴 돌

어느 하천에서 굴러왔는지

어느 폭포에서 떨어졌는지

내게 올 때는 매끈하게

모서리가 닳고 다듬어져

영 보기 싫지 않은 돌

속에는 뭐가 들어 있을까

고개를 기웃이 더듬어

요리 보고 조리 보아도

시선이 미끄러지는

수상한 돌,

내 마음을 들썩이지 못하게

꼭 짓누른

바꿀 수도 던질 수도 없는

무게 있는 단단한 돌

성깔 나면

더 날카로운 돌

나는 평생

불행일까

행운일까

평형잡기 힘든

타원형의 돌

허허, 오 십 년 풍파에

긁히고 깨져

볼모양은 없어도

더 없이 소중한

당신은 돌 이래니까, 돌

2016.7.30. 상해에서

열차여 달려라

파란 물감을 풀은 9월의 하늘아래

열차는 달린다 살같이 달린다

진주 같은 도시와 마을을 한 줄에 꿰며

강과 산 동굴을 지나 열차는 달린다

열차에 단아하게 앉아있는 미인아

차창 밖엔 급 물살처럼 흘러가는 풍경

조용히 바라보는 시야엔

푸른 시정이 밀려와 굽이친다

벅찬 가슴 우아함에 잦아 조용하고

격정은 천리에 물결쳐 하얀 파도 일어난다

숨바꼭질 하는 인생길 굽이굽이

모든 번뇌의 네루에서 보람으로 물결친다

아름다운 집념은 근신 위에

아름다운 생활화폭으로 펼쳐지리라

믿음과 갈망은

멈출 줄 모르는 진취의 노력으로 되리라

설사 앞길에 암초가 있더라도

설사 질투와 시기의 가시덤불이 있더라도

그대에겐 아름다운 경지로 가는 길

꿈이 있는 곳으로 가는 길

아름다운 미인이여

인생 열차를 타고 달려라

그대는 여신처럼 고아하여

세상이 함부로 다가 갈수 없는

고독을 지녔어도

가장 행복한 웃음이 있나니

그 눈부신 웃음이 바로

그대의 금자탑 이여라

그대는 미(美)로 신성하여라

그대의 웃음으로 쌓아 올린

금자탑엔

신운(神雲)이 감돌고

광채가 빛나리라

2019.9.9. 서울에서

몽정(梦情)

내 가오리까, 엷은 비단의 안개 길을
가벼운 음악이 걸음 되어 가오리까

내 가오리까, 가도가도 이슬 구르는 밤길
강도 산도 달 가듯이 가오리까

고요한 뜰 안 한창인 봉선화 향기
몸에 묻혀 아득한 산장으로 가오리까

유유히 유유히 꿈결을 더듬어
미소가 꽃잎처럼 은근한 그대게 가오리까

내 가오리까, 환열의 숨결로 반길듯한
죽음인 듯, 호수에 깊이깊이 빠져 들리까

2004.9.

천고의 절창

- 천고에 남기고 가야 할 노래

내가 무덤으로 가는 날

그대를 그대가 모르게

연모했다는 것도

무덤에 가져 가야 할 비밀이다

혼자서 조용히 달 아래 앉아

쓰디 쓴 풀잎을 씹으며

부어 터진 입술에

그대의 이름을 불러 보는 것도 비밀이다

눈물 젖은 눈빛 아련하게

그리워서 기리는 얼굴

이 세상에 와서 기억해

그대로 가져가려는 것도 비밀이다

죽어서도 저 하늘의 별로 남아

그대의 뒷그림자를 미행하며

이슬처럼 하롱하롱

옷깃에 스며 들려는 심사도 비밀이다

한(恨) 하나 더 가지고 가야 할

이승의 무거운 길

놓고는 못 가는 비원(悲願)도

무덤에 가져 가야 할 비밀이다

2018.12.20. 서울에서

송화강 연가

송화강가의 기름진 숲에 앉아

낚시를 하노라면 그대는 오실 건가요

우아한 단정학이 잔물결 가르며 오듯이

몹시도 그리웠노라고 그대는 오실 건가요

들국화 노란 빛깔로 물든 기슭

내 환상의 사념을 예쁘게 날다가

졸음의 색동 찌에 가만히 내려 앉으며

꿈을 흔들어주는 물 잠자리로 오실 건가요

강물처럼 흐르는 세월의 어느 여울목

회유하는 금붕어로 지느러미를 곱게 저어 와서

사랑 시 한 줄이 미끼라 생각될 때 덥석 물어

어망에 가두어 두고 사랑을 속삭일 수 있는 건가요

황혼의 노을이 펼쳐놓은 비단결을 밟으며

연분홍 드레스 끌며 사뿐히 다가와서

내 옆에 조용히 앉아 말없이

수줍은 미소로 달콤한 향기를 뿌려줄 수 있는가요

아, 송화강이여, 내 가리다

초모 쓰고 긴 낚시 대 메고 가리다

나의 여신이 기다려 있는 그 곳

꿈결에도 나를 부르면 내 가리다

2019.2.20. 서울에서

시 향 속의 미인

펼쳐진 시집위로 세간의 안개가 스치며

교아(皎雅) 한 달빛을 부어 내리고

청자 빛 잔에는 피어 오르는 녹차 김이

살포록히 서리여 아늑해라

시 향에 잠긴 우아한 곡선미에 찰싹 붙어

흘러 내리는 연분홍 비단 물결

안개 위에 떠서 유유히 하느작 거리며 날 듯

유적에 불러 들이는 동동 동그란 세상

시 향속에 주마등처럼 맴도는 세상사는

그대 마음에 들리는 경쾌한 시내물소리

정을 머금은 시어들이 금모래처럼

포근한 신금에 금빛을 굴려라

시를 보는 여인처럼 아름다운 미인은 없어라

비길 바 없는 고아한 미인의 기질

미인이여, 아무리 삭막한 세상이라도

그대 앞에 머무러 이렇게 감흥 되었으면 …

가만히 시 읽는 심중의 은은한 낭송

잔잔한 울림으로 창 밖을 전해간다

조용히 부르는 자장가 처럼…

은백색으로 물드는 달빛처럼 …

2020.1.1. 화원신촌에서

아미월(娥眉月)

서녘의 고운 아미월

옛적 어느 날 밤

면사포 살짝 열고

수줍어 훔쳐보던

님의

갈름한 눈 섭

내 마음 창공을 차고 올라

날아 예던

황홀한 꿈나라

끝 없는 길로

북받쳐 가는 하늘에

아직 걸려있네

아미월

2019.11.30. 화원신촌에서

애독(愛毒)

아, 양귀비보다 더 아름다운 꽃

요염하게 똬리 틀고 있는 화사(花蛇)

꽃 대궁 우에 노을 숨긴

천하절색의 용모를 꿈틀거리는 춤사위

꽃잎 같은 비늘에 반사하는 황홀한 유혹

흑진주 같은 눈알에 발사하는 추파

혼을 잃고 바라 볼 때

불꽃 같은 혀로 날름거리는 정염(情焰)

물어다오, 나를 물어다오

애독이 온 몸에 퍼져 나른히 녹아날 때

나는 무엇이 환열인지 알리니

나는 무엇이 이 세상의 행복인지 알리니

사랑이란 가장 아름다운 희생이라는 것을

사랑이란 십자가 보다 무거운 것이라는 것을

화사를 위해

희생하는 것은 가장 행복한 것이라는 것을

아, 양귀비보다 더 아름다운 꽃

향기로 가득 찬 사랑의 몽하(夢霞)

불순한자에겐 징거러운 구렁이로 되고

순진한자에겐 온화한 애염(愛焰)을 주는 미인

사랑에 죽어도 좋으리니, 물어다오

애독에 중독되어

광분하며 나가 웨치려니

나는 가장 행복한 사람이라고

이 세상을 향해 웨치려니,

아, 물어다오 물어다오 −

2019.3.11. 서울에서

양귀비 꽃에게

내가 너에게 중독 되였음을 아는가

눈으로는 볼 수 없는

너의 악과

너의 음탕이

가장 아름다운 형태로

나를 미혹 시켰음을 아는가

시 천 수로

떨어 버리지 못 할

너에 대한

나의 괴로움

나의 고뇌를 아는가

나는 중독되어

오늘도 필을 든다

나의 가장 큰 비애는

너의 맹독에

중독 되였어도

중독된 줄 모르는 것이다

그래서 나는

시 한 수 써놓고

세상을 향해

바보같이 웃고 있다

사랑을 다 가진 것처럼

아, 나의 사랑하는

시신(詩神)이며

사신(死神)이여

2019.9.24. 서울에서

장미 송

아름다워 아 혼을 뺄 듯 아름다워
누구에게나 사랑을 줄 것처럼 아름다운 장미여
어이 피 빛 빨간 가시를 서슬 차게 세우고
이 야박한 세상을 향해 사랑을 기다립니까

담 약한 자는 감히 범접 못하는 고아
함부로 다가 갈수 없는 경멸의 눈빛입니까
서뿔리 맹동 했다가 가시에 쏘이면
독기에 고름을 쏟고 죽을 지도 모릅니다

많은 흉물이 침을 꿀꺽 삼키고 지나 갔는지 모릅니다
많은 징그러운 뱀이 기어 오르려 했는지 모릅니다
애모와 주검 사이, 그대 앞에
부귀로 어정거리다 실망해 쓰러졌는지 모릅니다

악성 유언 비어의 요사한 바람이 불어도
웃음을 날려 보내는 우아한 지존입니다
가시를 잎사귀에 감추고 혹시
사랑을 위해 죽을 자를 기다립니까

고독이 눈물 나게 아름다운

지고의 아름다움을 품은 꽃이여

사랑스런 소녀야, 너는 꺾지 말아

저 꽃은 너의 성결한 꽃으로 되리니

2020.5.13. 서울에서

창문

누가 노크 하길래

그대가 오시나

창문을 바라보니

그대는 안보이고

보석이 반짝이네

그대가 입은 드레스 같아

창문 열고 손을 내미니

잡히지는 않고

바람만 썰렁

허풍엔 소식도 없고

그림자도 없네

다시 창문 닫으면

또 노크소리….

2018.12.16. 서울 뜰안채에서

춘정

양지바른 기슭에 살풋이 걸린

연연 무르는 온화한 바람에 감싸이면

그 언젠가 말없이 옆에 앉아 고요한

심상이 배인 그녀의 눈빛처럼 맑고 아득하다

가물거리는 아지랑이에 잔잔히 수 놓여

그처럼 섬섬 흔들리는 고운 들꽃

내 얼굴 부드럽게 스치며 목 건이 간질대듯

그녀의 연분홍 미소가 정겨워진다

얼어 녹아 풀리는 사춘기의 봇물 속으로

밀려와 가득 차오르는 달콤한 춘곤

그녀의 향기에 녹녹히 취해

풀밭에 누워 한 졸음 쭉 기지개 펴고 싶다

저 멀리 아득히 생기가 감도는 지평선에서

지금도 그리움처럼 다가온 그녀의 환한 봄빛

굳어진 늙은 마음이 녹아 살아난 파란 싹

추억으로 내 달리는 미친 봄이다

타원형 속의 밀어

연지 색 양산 그윽히 눈 부시는
타원형의 액자 속에 들어있는 두 연인
그들의 밀어 미풍이 지나다 훔쳐 듣고
귀에다 솔곳시 전해주네

- 당신은 나에게 꽃으로 다가와
다시 꽃으로 되지 마세요
꽃은 언제나 바람에
향기를 흘러 보내니 까요

- 자기는 나에게 바람으로 다가와
다시 바람으로 되지 마세요
바람은 언제나 꽃들을
흔들어 놓으니 까요

그들의 밀어를 전해 듣는 사이
지구 같은 타원형의 액자 속
무한한 푸른 하늘, 넓은 산천으로
원앙새 한 쌍 멀리로 날고 있네

한 방울 이슬

아직 꿈도 깨지 않은 넓은 들

한밤중 뉘가 지나가며 흘려 놓은 눈물

내 잎사귀에 가만히 매달려

슬픔이 영롱해 별빛을 반짝이네

나를 기억해 주어요, 시인님 -

눈물이 흔들리는 나직한 말소리

이처럼 보석같이 남겨준 귀한 말소리

나는 모르네, 그의 이름을

나는 그 눈물이 떨어질 까봐

운신을 못 하고 가만히 숨 죽이고 지켜있었네

나는 그 눈물에 빠져 죽어

그 마음에 살고 싶었네

사랑이 눈물이 되여 내 무덤이 되면

나는 기꺼이 그 속에 영원히 살고 싶었네

눈물보다 더 정결한 사랑은 없나니

슬픔 뒤에는 웃음인 것을

동이 터 오는 무렵 해 빛 한 올 꿰여 끌고

눈물은 나의 뿌리에 떨어져

줄기 짜릿하게 오르네, 싱-싱 파랗게

나는 그만 그 무덤과 하나가 되였네

아침 햇살에 피운 작은 풀 꽃

너와 나의 눈물처럼 향기로웠네

넓은 들

우리의 노래가 화분처럼 날려가네

2019.12.18. 화원신촌에서

한 카페에서

그녀는 시인 이였을까, 카페에서 홀로

교교한 달처럼 앉아

호수 같은 제 마음에 잠겨있네

오렌지 빛 고독은 향기롭고

때론 애상도 살포시

포도 술에 젖어 연분홍 빛

공간을 가벼이 흐르는

음악이 파문을 지어 스치면

머리칼 사이에 머문 포도 빛 눈동자

가상과 현실이 엉켜 맴도는 도시

그녀는 무엇을 찾아 저리

하염없는 사색에 익어 가고 있을까

아아, 그녀는 시인 이였을까, 시인처럼

하얀 갈망의 호수에서

노 젖고 있네, 피안은 아직 얼마나 먼지?

길 바닥의 단풍잎

길바닥이 어느 험한 세상인지 모르고
떨어진 단풍잎 내 눈에 띄워
참아 참아 밟고 가지 못합니다
빗 물에 젖어 애잔한 단풍잎
목메어 왜 저리도 처절한가를 묻지 못합니다

눈에 띄우지 않았더라면
나도 모르게 밟고 갔는지 모릅니다
신음 소리도 내지 못하는 그를
애달픈 몸부림도 잊은 그를

옛 적 화려함을 모두 접은 채
자기를 아무데나 이렇게 버렸습니다
불타는 영욕을 모두 거둔 채
존엄을 아무렇게나 이렇게 버렸습니다

무엇이 생각나 측은함이 막 밀려 옵니다
무심으로 살아가기엔 너무 잔혹한가요
유심으로 살아가기엔

너무 벅찬 괴로움이 있는 건가요

아름다움도 때가 있고 최후는 이런 건가요

아름다움은 아름다움으로 남을 수 없는 건가요

님이여, 우리 아름다울 때

아름답게 살아요

2022.7.11. 서울에서

제3집 고향이여 잘있는가

고향이여, 잘 있는가

세월의 숲에 가려져 어렴풋 하구나
추억의 떡갈나무 헤집으면 아련히 다가오는 고향아
곱새를 오르던 박순이 오르려다 더 오르지 못하고
파란 하늘에 간절히 손짓하며 바라 있는 곳

외나무다리 건너 오솔길에 삼삼히 멀어 졌구나
잠결의 창을 열면 동년의 기슭
로야령에서 황홀하게 풀어 내린 비단 노을
집집마다 굴뚝 붓이 수묵화를 그려 넣는 곳

총총 밝은 별무리들이 하늘에서 원무를 추고
외양간 새김질 소리에 유적한 밤이 깊어가는 고향
가끔 승냥이 시퍼런 울음소리에 깨여나 뒤적이다가
기지개 쭉 하품하며 다시 잠들던 고향

입을 다시면 어머니의 젖이 달콤한 고향
머루 다래 돌배 무르익어 향기로운 고향
소꿉친구들의 은방울 웃음 푸른 하늘에 굴러가고
시내엔 물고기 비늘에 섬광이 눈부시던 고향

한 많은 고난의 역사에 떠돌던 겨레

피땀이 흐르는 등골로 일궈 정착한 고향

아, 고향은 내 마음의 검불에 품은 꿩 알 같은 것

늙어 가도 부화 되지 않는 그리움 같은 것

고향이여, 잘 있는가 예전처럼

세상은 변해도 기억 속

고향만은 변하지 않았으면

샘물처럼 정이 솟아 흘러 넘쳤으면.. ...

2016.8. 서울에서

그대의 수다스런 6월

사랑스런 여인이여, 나는
그대의 수다스런 6월을 좋아했노라
생기발랄한 미모의 설레임
그대의 넘치는 생명의 찬가를 좋아했노라

그대의 입술에서 용솟음치는 샘물
파란댕기처럼 수다로 기슭 치는 냇물이며
햇살과 함께 밝은 웃음이 엉켜 뒹구는
장미 빛으로 깔깔거리는 수다를 좋아했노라

성숙으로 가기 전의 귀엽고 천진함
봄날의 꿈이 깔려 번지는 산천
맑은 눈빛이 오렌지 빛 동경을 부르는
동화로 가득 찬 무려의 수다를 좋아했노라

끝없는 지평선, 끝없는 하늘
들새들처럼 자유자재로 날수 있는 그대의 다정한 6월
내 무연히 서서 바라보며
아름다운 그대의 6월을 좋아했노라

2019.6.29. 서울에서

나루터 향수(鄕愁)

운엽(云葉)이 일파 만파 안타깝게

서럽도록 별 싸락 일구던 강기슭엔

그리도 어두운 세월이 울고 있었네

두 볼의 이슬로 적신 나루배는

이향을 한 장대 두 장대 멀리 밀어 보내고

갈비뼈만 반나마 남아 갈 숲에 묻혀있네

애 어린 손이 다가와 만지고 보듬다가

뒤돌아 가서는 아쉬움에 다시 와서

울음에 저미는 애달픈 몸부림은

소녀로 떠나 다시 못 온

오려 해도 오지 못한 원한을 품은

향수에 머리칼 풀어 드린 넋이네

다시는 못 와 더는 못 와

오지 못한 이방의 혼이 강나루에서

물새처럼 강기슭 허비고 있네

2011.8.8.

고희의 아침에

아침

눈을 뜨니 내가 살아 있군요

또 하루 살라고 하네요

가만히 누워

손을 가슴에 얹고 생각해요

해맑은 햇살이 창문으로 들어와

나와 정답게 속삭이자 하네요

먼 곳에서 온 새 각시 눈빛처럼

따스한 미소를 머금고...

세상은 너무나

아름다움으로 가득해 지네요

노을 깔린 물안개에 숲이 일고

동 튼 먼 부두에서 출항하는

배 고동소리가 가늘게 들려오네요

나도 일어나 떠나 갈까요

살아 있다는 것은

가만히 누워 있어도 떠나는 일이에요

어제 밤 우듬지는 무덤으로 되고

꿈을 일으키면 살아 있는 것이에요

부르네요, 세상이 부르네요

얼마나 반가워요 세상은

무덤 같지 않아

고적하지도 외롭지도 않아요

햇살이 웃어 주네요

손잡고 일으켜 주네요

이제 떠날게요

잠 간, 세수하고 수염도 밀어야지요

산뜻한 기분으로 히물쭉

빛을 찾으러 기야 지요

2019.7.2. 서울에서

갯 벌에서

갯 벌을 바라보며

나의 마음은 쫙 깔려 세기의 노래가 된다

망망한 수평선으로 밀려오고 밀려가는

무한 속의 노래

빈 조개 껍질이 무더기로 부딪치는

죽은 망령들의 노래를 듣는다

광막한 시공의 기슭에서

언젠가 사람들은 조개처럼 기여 등륙했는가

그 발자취는 요원해 보이지 않고

내가 갯벌에 서서 만고를 바라본다

순간, 천 년도 순간, 만년도 순간

순간 속에 순간으로 살고 있음을

오, 가슴 벌리고 만끽하라

산 조개가 갯벌을 핥고 있다

껍질을 지고 가는 것도 욕됨이다

밀물 썰물에 시달려도

미물로 사는 것이 행복 하리다

그렇게 살리라,, 순간, 사는 날 까지 … …

2019.6.20. 서울에서

경포대에서

아, 오천 년을 담궈 익힌 술!

푸른 정색(情色)이 가득한

청주(淸酒) 한 사발과 마주 앉아

한껏

정취에 빠져 드노라

이 나라가 흘린

눈물과 땀과 선혈에

영용(英勇)이란 누룩을 섞어 빚은 술

별 빛, 달 빛, 햇빛을 받아

장장 반만년 유구한 혼령으로 익은 술

저토록

주향이 쪽빛으로 푸르러

오늘에도 옛 시정이 넘실거리누나

그 위에 일렁이는 눈빛들

반짝이는 계시의 섬광

헤아리자, 우리에게 주는

간곡한 부탁은 무엇이더냐

저 멀리

호만이 활등 같은 동해 바다

태양이 오고 가는 길에

겨레의 염원이 용용 넘실거리고 있어라

2017.8.18.

고드름

편지인 듯 초가 지붕에 종이가 쌓이더니
소식인 듯 처마끝에 길게 녹아 맺이더니
무엇을 읽으랍니까, 흩어진 은빛에서
무엇을 들으랍니까, 단조로운 낙수물에서

물로 흐르다 얼음으로 맺이고
얼음으로 맺혔다 물로 흐르고,
한겨울 농가에는 기다림도
열리고 맺혔겠지만 –

하얀 눈같이 문지방에 앉아있는
어머니의 백발에도 고드름
눈물이 얼어 붙은 노래는
기다림입니까, 그리움입니까

뫼 너머로 굽이굽이 사라진 공로엔
근심 어린 구름이 마중 나가 있습니다
처마끝 고드름에 봄빛이 내릴 적
피는 꽃 속에 근심도 풀리 길 기다립니다

고사 목

- 옛 시정의 선비들을 그려

꺾지도 말아요 뽑지도 말아요

바람에 계절에 세월에

영원으로 간 그를 건드리지 말아요

한 때 지고하게 살았다는 것으로

죽어 굽히지 않는 강인한 골격

무한이란 곳에 깃대로 남아 있어요

청산에 남은 넋의 천년 고독

메마른 갈망 하나 하늘을 바라

외로움도 잊은 채 입명(立命)해 있어요

안타깝게 봄이 불러도 비가 흔들어도

다시는 일깨우지 못하는 도고한 그는

아, 이 땅의 강천을 우르러 보고 있어요

냇물이 흐르네

봄바람에 흙 묻힌 기억이 파릇파릇 돋아나면
짜개바지 앵둥이에 간지러운 냇물이 흐르네

고것 보래, 고추잠자리 물결에 잠그면
아양 거리는 햇살에 샛별이 반짝이네

냇물 따라 가며 감출 것 다 감추고 나면
혼탁해진 하구에 잃어 버린 것 많고 많네

잡아 둘 것 못 잡아 두는 것이 세월이요
가둘 것 못 가두어 놓는 것이 유수이네

멈춤 모르는 냇물에 멈춤 모른 삶
잔운(殘云)에 석양이 곱게 회한처럼 물들 적

굽이굽이 살아 와서 고마웠노라고
비스듬히 비낀 미소에 허구푼 명상이 끝없이 흐르네

2016.6.

눈이 내리는 밤

눈이 내린다 사뿐-사뿐
하늘을 걸어 오는 버선발

치마자락 날린다 사락사락
누리를 가볍게 스치는 소리

옷 벗고 서있는 나무 가지엔
얼굴 없는 정적이 앉아 있다

들에는 어둠을 베무는
심사가 끝 없이 뻗어가고

꺼질 줄 모르는 심등(心灯) 하나
아득한 빛 비춘다 저 멀리

언젠가 움막집에 묻은
따스한 육각형의 추억들

눈이 내린다
보송 보송 ……

2018.12.5. 화원신촌에서

단풍 예찬

추락을 앞두고 남기고 싶은

마지막 단장은

저리도 처절한 아름다움이다

피 타는 유언은 진 붉은 색=

폭풍에 폭열에

꺾기지 않은 열렬한 삶

갈 때는 어이

슬픔과 애석이 없으랴만

살아서 헛됨이 없는

강렬한 희망을 농염하게 남기고 저

모두 그의 아름다움에

구름처럼 밀려 온 사람들

제 얼굴과 함께 카메라에 담지만

시인이여 너는 그의

장렬한 최후를 숙연히 낭독한다

혹시 애상이 있을 지라도

가장 아름답게 표현할 줄 아는

그의

도고한 지조를

2018.10.5. 화원신촌에서

덕수궁 돌담 길

이 길엔 내가 찾고 싶은 무엇이 있을 것 같다
듣고 싶고 보고 싶은 무엇이 있을 것 같다
무엇을 알려 주는 것 같아 돌담을 어루 만지며
먼 여행인 듯 짧은 길을 조용히 오고 간다

무엇이 나를 손짓하며 부르는 것 같아 걷는다
공연히 그리워지는 무엇이 있을 듯해 걷는다
떨어지는 은행나무 잎사귀에 물어 보기도 했다
피는 꽃에도 얼굴 비비며 무엇을 엿들으려 했다

번마다 아무것도 얻지 못하고 아쉽게 떠난다
번마다 다시 부르는 것 같아 또 찾아 온다
이 길엔 무엇이 숨어 나를 안타깝게 하는걸까?
아, 떠나서 그립고 와서 더욱 그리운 돌담 길!

2015.5.1. 서울에서

동백꽃

동지 달 길섶에 누가 힐끗 쳐다 보는 것 같아

누구 시길래 가만히 눈 여기니

서걱이는 빙설에 포옥 묻힌

봄을 눈 시리게 기다리는 빨간 웃음

너를 보고 홀연 집히는 생각

어쩌면 내가 나를 모르고 사는지도 몰라

나도 너처럼 그리움이 있는지 더욱 몰라

춥고 살 어이는 파리한 생각들…

등잔불 심지

- 한 시인에게

심혈 고인 접시에 심지(心志)가 탄다
어둠 속에 켜 올린 지성의 불빛

불꽃아래 마음이 끓어 기포가 터지는 소리
희비(喜悲)가 부둥켜 안고 두근거리는 심현(心弦)

한 생의 지혜로 짜낸 연료
아름다운 불꽃이 몸부림치는 춤

지나온 시간들이 어리여 타고
옛 풍경들이 불길에 날아 오른다

시인은 필을 들고 심지를 돋군다
응시하는 눈동자에 이글거리는 혜광

아, 고독의 블랙홀에 심지를 켜 들고
광명을 비춰가는 그대 시인이여

2019.11.13. 서울에서

낙화생

꽃은 슬픈 꿈이었네

시름에 떨어져 땅에 스며들면

세상 모르게 감춘 눈물이

암울 속에서 고난의 뿌리 끝에 맺혔네

모든 꿈은 껍질 안에 있었네

그 속에서 피 땀이 알차게 여물었네

거칠은 사득판

인고의 나날들을 새기고

터진 손으로 줄기를 잡아 뽑으면

댕글댕글 매달려 나오는 웃음 알들

주름 골골에

고소한 추억으로 매달리네

아, 어머니 –

요동벌의 봄

시베리아 찬 바람이 거침없이
줄 창 내 달리다가
가시 풀에 걸려 쾅 하고 자빠져
게으르게 할딱이고 있는 봄
등어리로 봄빛이 아글 자글
병아리 처럼 동토를 쪼아대고 있다

낌 새를 알은 양 저 발해 만에서
길게 하품하던 봄 아씨 치마 끌고 와
요동 벌을 신록으로 덮어 놓는다
화창한 아지랑이도
춘조(春潮) 껴안고 춤을 춘다

만물이 확 소생하는 봄이다
나도
지루한 잠에서 버쩍 일어나
저 들로 달음쳐 나가 해토에 부벼 대야겠다

초몽(草夢)을 터트려

파란 입술에

조그마한 풀꽃 한 송이라도

피워 물어야겠다

2020.1.22. 화원신촌에서

메밀 국수

50년 전 도문역 앞 거리

그 국수 집 아직 있는지 모르겠다

국수 집 고 처녀

농염한 애교를 아직 기억하고 있다

심양에서 기차 타고 도문역에서 내려

출출 굶으며 찾은 국수 집

예쁘장하고 복실한 고 처녀

물이 통통 오른 앵두 꽃 봉오리같이

달고 새콤한 웃음을 난생 처음 볼 때

여로의 피곤과 짜증은 말끔히 가셔지고

형용할 수 없는 난류가 온 몸에 고패친다

그 때는 숫 총각

순간

가슴이 울-렁

얼굴이 화끈거린다

- 량, 량표 넉량 어치 국, 국수 주,주세요

말도 더듬 더듬 떨린다

고 처녀 해물거리는 웃음

국수 물이면 좋겠다

- 아유, 넉 량 못 다 드십 둥

두량만 시켰다가 모자라면 더 드십 둥

간드러진 고 연변 말씨에

간이 사르르 녹아 버린다

잠 간 만에

이발 깨진 대 사발에

메밀국수가 가득 담겨 올라온다

참깨 몇 알, 오이, 김치 몇 조각

달달한 사카린 국수 물

웬 두량이 이렇게 많아!

분명 나에게 더 준거 아닐까?

이렇게 생각하며 게눈 훔치듯

입에 사려 넣노라니

고 머루알 같은 눈동자가

나를 새새히 주시해 보는 눈치다

내 얼굴이 빨개진다, 그만

저가락을 어떻게 써야 할 지도 모르겠다

미끄덩한 국수가

저가락에 집히지가 않는다

집으면 수르르 빠지고

집으면 수르르 빠지고 …

아, 이런, 이런

손가락이 마비 됐나?

아, 나를 사로 잡는

머루알 같은 고 눈,

고 눈, 고 눈

결국

국수 두량도 못 다 먹었다

- 거 봐요, 두량도 못 다 드시지 않습 둥

나도 어색하게 웃는데

입이 찌그러지는지

코에 올려 붙는지 전신 마비이다

체면에 멍청하게 서서

고 처녀만 바라 볼 수 없다

뒤로 가는지 모로 가는지

나오는 발걸음 왜 그리 뜨기 싫었던지 …

고 처녀가 냄 한다

심양의 도련님 다시 오라는 듯

또 고 웃음 해물해물 …

웃음도 메밀국수처럼 매끄덩하다

저가락으로 집을 수 없는 서운함

참, 국수 사발에

까만 머리카락이라도 떨어 졌으면

건져와서

시책에 끼워 넣고

두고두고 고 웃음을 읽었으련만

아, 다시 한 번가서

메밀국수 먹고 싶다

고 처녀는 영원히 늙지 않을 것 같다

그 때 그 모습으로 있을 것 같다

혹시

시집도 가지 않고 거기서

지금도 날 기다리고 있을지 모른다

몹시도 메밀국수가 생각 난다

2019.5.9. 상해에서

무명화

요렇게 조그마한 너도 꽃이라 피었니

실오리 가느다란 허리도 추스리지 못하면서
티끌 같은 빨간 꽃 피어 가지고
꿀벌이라도 와 앉으라고 부를 수 있겠니

가만이 다가가 귀속 말처럼 묻는다
- 네 이름이 뭐니?

고것이 제법 눈살을 살짝 깔며 대답한다
-이름하나 가지기가 얼마나 무거워요
나는 백과사전에도 이름이 없어 다행이에요

요 것, 대답하는 거 좀 보래
꽤나 당돌하고 깜찍하네
야, 한심하게

그래, 맞아 이름이 없다고
살지 말라는 법은 없지

너는 영욕을 모르기에

수풀 속에 치여 살아도 청순하구나

나는 이름 하나가

십자가처럼 얼마나 무거운지 모르겠다

네 앞에서 덜컹 부려 놓으니

날 듯이 거뿐해 지누나

고 좁쌀 같은 꽃이 웃을 입도 없으면서

나를 보고 눈을 깜박 웃고 있네

이제부터 우리 친해 지자꾸나

너나 나나 무명화란 이름을 가지고

이 세상 살자꾸나

2019.1.5. 서울 뜰안채에서

민들레 꽃

참하네 심지도 않았는데
어디선지 모르게 날아와
저가 저를 심어 저렇게 피었네

뭇 꽃들은 이뻐 보이려고
허벅지 배꼽 내놓고 광기를 부리는데
외 딴 구석에 티 내지 않고
온순한 눈빛으로 얌전히 피었네

언젠가 노란 꽃 편지 한 장
읽어 보는 기분이네
은근한 얼굴
그윽한 눈빛 그려보며

물어 보고 싶네
나도 행복이 있었냐고
허비는 꿀벌 한 마리가
내 추억이네

봄 비

미인이 목욕하는 소리 -

백옥 빛 곡선의 살결을 흘러 내려
온 구슬이 영롱하게 떨어지는 소리

자욱한 안개비속을 훔쳐 보아도
보고 싶은 미인은 보이지 않고
심사만 하염없이 강천으로 달린다

향방 없이 부르는 달콤한 음성에
살 냄새만 향기로워
방울 방울이 가슴에 떨어져 파문 짓는 소리

홀랑 벗어 버린 연초록 박사 속옷
가만히 들어 보면 수 놓인 홍매화 꽃
송이송이 눈물을 머금고
보조개 웃음을 터트리다

아, 미인이 목욕하는 소리

보일락 말락 찾아가도 보이지는 않고

버들가지 꺾어 부는 애모의 가락

그리움에 간질거리는 피리 소리만 애달프다

미인이 목욕하는 소리 –

2019.2.25. 서울에서

아내에게

못 난 나무, 비를 가리지 못하는

하늘이 훤히 드러난 가난한 나무

여윈 한 그늘만 운명으로 소풍하며

살갑게 파고드는 아내.

추울까 더울까 늘 걱정하는 시름이

나에겐 타고 나지 않은 복일수도 있겠지만

다른 그늘 아래 한번만도 몰래

소풍하지 않은 그

너도 못 나긴 꾀나 못 나

이 못난 그늘만을 떠이고 늙었네

나는 죄책이 많아 빚 갚으려고

살지도 못하고 죽지도 못하나 보네

봄에 쓰는 시

필 끝에 묻어나는 배꽃향기
아지랑이 피는 시의 길에 풍깁니다

버들피리 슬프도록 애절한 가락
나도 울고 싶은 고운 봄입니다

필 끝이 가는 곳에 파릇 거리는 연달래
돌돌돌 노래하는 맑은 눈석이 물소리

봄이 포시시 일어나는 자리에서
빨간 들꽃들이 점점이 웃고 있습니다.

예전처럼 와도 새로 오는 것처럼
시선을 스치는 부드러운 치맛바람

그리운 이가 환영처럼 들을 지나가며
먼 곳에서 나를 부르듯 필을 달립니다

보일 듯 말 듯 연초록 비단결 엷게 나부끼는 산천

싱그러운 냄을 따라 글 발자국 남기느라면

혹시 다가올 듯한 따스한 숨결

봄은 아름답습니다, 슬프도록 아름답습니다

수련화

나의 꿈은 요렇게 곱지요
푸른 물 비집고 나와 쏙 -
세상 부끄러워 바라볼 때
연분홍 웃음이 잔물결로 알랑알랑 퍼지며

나의 바이올린 소리도 곱지요
선율 타고 날으는 가늘한 실 잠자리
알랑이는 춤 날개 하늘하늘
나의 애념도 실려 날고 있지요

나를 사랑해 주어요, 말은 못하고
농염한 열정을 풍기며
님이 지나가면 노란 꽃술의
분가루를 코끝에 날려주지요

무심히 지나가지 마세요
오래오래 눈 여겨 봐 주세요
사랑스러운가를
맘에 드시면 가만히 눈 감고 기다릴 터이니
그대의 화지(花池)에 떠다 옮겨 주세요

오월의 설레임

떠오르는 아침 태양을 향해 설레였다

세상을 보는 가슴도 아득히 설레였다

그때는 청춘

간이역에서 내려 가는 시골길에서도 설레였다

짚 푸라기에 갈치 네 댓마리 사서 묶어 들고

병사리에 소주 한 근 받아 쑥당대로 틀어 막고

군용가방 메고 가던 그때도 오월

물 도랑에 서있는 왁새를 보아도 설레였다

비온 뒤 질작한 흙탕길에 군화를 벗어 들고

바지 가랭이를 무릎 위에 올려 걷고

맨발로 비츨거리며 가던 황토길

써래친 거울 같은 논을 바라보던 마음도 설레였다

저 멀리 낮은 구름아래 펼쳐진 푸른 주단

모 꼽는 노래 낭낭하게 들려오는 전야

무리무리 그림자들 속에 나를 알아보고

논두렁을 휘청거리며 달려오던 미혼녀

하얀 꽃 수건아래 핼쭉 웃는 눈

수줍어 훔쳐보던 눈길에 매료되어

감춘 내 마음의 설레임도 오월

오월은 이런 설레임으로 가득 했었다

무수한 오월이 오고 가고

나는 오월로 간다 오늘도

수염 날리며 딘깽이를 딛고 오월로 간다

혼자의 설레임 안고

시(詩)의 흙탕길을 맨발로 간다

2020.5.2. 서울에서

유령의 고향

산 너머에 마을 산 너머에 마을

혼강을 거슬러 외 나무 다리 건너

두메 산골 내 고향에서 하루 밤

달은 희미하다 무덤처럼 적막한 어둠

마을은 잠들어 시냇물소리만 들리고

가끔 왕가네 개 짓는 소리, 거위 울음소리

그들의 눈에만 보이는

무명옷 입은 하얀 유령들이 몰 내려온다

어느 집엔 질화로에 강냉이 콩알 터지는 소리

긴 담뱃대엔 애달픔이 끓는 소리

몰 몰 담배연기에 소곤거리는 이야기

내 잠에 꿈결처럼 들리고

어느 집엔 관솔불아래 텅납새 같은 머리

소캐 쥐고 무명실 뽑는 앵앵 물레소리

미닫이 저 켠 방엔 갓 난 애기

젖 허비는 울음 소리

어느 집 창호지에 침 발라 구멍 내고 들여보면

탁주 마신 유령들 술이 거나해

물 버치에 바가지 엎어 놓고 덩그렁 덩그렁

놋수저 두드리며 아리랑 고개

앉은뱅이 춤, 꼽사 춤, 코 하모니카

망 쫓는 홀아비 엉덩이 춤도 덩실덩실

평안도, 함경도, 충청도, 경상도, 절라도

망국의 유령들이 예서 한서린 마음 골패친다

다락 밭, 뙈기 논, 터 밭, 일구고

병풍 같은 산에 에워 오붓이 살아가는

제 2의 정든 고향

이제는 텅 빈 고향 다 떠났다,

상여 타고 산으로 언덕으로 가고

후손은 개간하러 보습 들고

대 도시로 가고, 이삭 줏으러 외국으로 가고

잘살러 간 길 서럽지는 않다

연민만 남아 있을 뿐

수탉이 계명소리에

화로 불 꺼지고, 관솔불 꺼지고

유령들은 어디로 온데 간데 없고

스산한 나의 잠자리만 남았다

창 밖엔 왕가의 채찍 소리 들린다

쨔 쨔 –

마차 가을걷이 나가는 바퀴소리

그리고 양갈 춤 얼른짠 노래 소리

아 나의 고향

연민만 남았다

2019.10.27. 서울에서

제4집 겨울 무설의 들을 바라보며

겨울, 무설의 들을 바라보며

나의 허무처럼 눈이 오지 않은 스산한 들은
어느 화술(畵術)의 기법을 모르는 화가가
마구 난잡하게 그려놓은 인상파 유화
헝클어진 구름아래 마른 풀줄기와 깎지만 널려 있다

알자들은 다 어디로 걷어 간지 모르게 걷어가고
속이 텅 빈 나의 자화상처럼
메마른 웃음기는 검불이 되어 찬바람에 날리고
삶의 찌꺼기가 깔린 주름 골엔 회한들만 끼여있다

나는 세월이 걷어간 허전한 마음으로
계절이 가는 들에 허수아비처럼 우두커니 남아
의미를 잃고 의미 없이
낡은 초모 아래 젖은 눈시울로 무엇을 다시 기다리고 있다

바람 깨비는 바람에 바람을 노래하고
나는 텅 빈 들에 텅 빈 시를 써넣고 있다
오는 봄엔 이 시들이 발효된 퇴비가 되어
다시 꽃술의 꿀물이 되기를 바란다
꿀물이 애심의 전령사를 불러 오리라 믿으며 …

2017.12.8. 화원신촌에서

가로등, 그리고 길

길을 비춘다, 아무 표정 없는 침묵으로 길을 비춘다

어디로 가라는 기르킴 없이 길만을 비춘다

오는 이 가는 이 제 갈길 제가 찾아가라고

길만을 비춘다, 길만을 비춘다

길이란 가로세로 넝쿨같이 뻗은 길

우에로 아래로 테프 같이 매듭 지은 길

마천루, 아파트 협곡에 올올 감긴 길

칠색무지개들이 네온등에 뿜겨 광란하는 길

눈 멀고 귀먹은 가로등은 길만을 비춘다

세계의 풍파가 밀물 썰물처럼 굽이치는

둔탁한 소음들이 미치게 굴러가는 길

21세기의 굉음이 지나가는 길을 비춘다

네가 알아서 네가 찾아가라고 길만을 비춘다

길에서 먹장구름같이 웅집해 움직이는 그림자여

길에서 성난 파도처럼 줄달음치는 화물차여, 승용차여

가는 길이 어딘지 몰라도 길만을 비춘다

가는 길이 빤지르한 아스팔트와 포석길이라도

험난한 길인지 모르는 가로등은

곤혹스런 눈꺼풀 슴벅슴벅

나는 몰라 나는 몰라 길만을 비춘다

겨울 꽃 한 송이

갈망에 바라는 겨울 해는

시무룩하네

멀리서 가우뚱

찌프린 눈살 따사롭지가 않네

창문턱의 노란 꽃 한 송이

서글픈 미소

반 줌 햇살에 비벼 묻힌

애잔한 향기

아름다우려는

간절한 요망에 채워 넣고

부족한 햇살을 만족하며

시름 참고 피었네

적은 것도

큰 감덕으로 생각하는

꽃의 마음은

꽃다워 사랑스럽네

2018.12.27. 서울 뜰안채에서

고독을 굽다

일상의 영양소로 골고루 응결된 고독

하얀 석쇠에 올려 놓고 숯불에 굽다

깊은 야밤 고요를 양념으로 발라

꼬챙이를 들고 요리조리 뒤적거린다

자글자글 희노의 기름이 끓고

노릇노릇 애락이 불길에 익는

바라지도 못 할, 오지도 않을 그리움

한 폭의 그림을 훈향에 몽롱히 떠 올린다

시인만이 미식할 수 있는 이 맛

고독을 굽다, 설 익지도 태우지도 않은

발가스럼 익는 점점의 고소한 마음

한 꼬치의 시다 !

2015.4.26. 서울에서

나를 만나는 풍경

눈 시리게 내리는 파란 하늘입니다

떠도는 흰 구름 한 송이가 왜 그리 반가운가요

보내 버린 나를 만난 듯이

춤추는 코스모스 꽃잎들을 날며

혼처럼 하늘하늘 나는 나비가 보입니다

나의 걸음도 날개 짓처럼 그렇게 고왔던가요

청 옥을 깔아 놓은 듯한 강천입니다

노을 빛 비단결을 걸치고 꽃 사슴이 유유히 걸어옵니다

눈에 담았던 동경의 눈빛인가요

지나간 꿈들은 가을 꽃처럼 뭉청뭉청 떨어지고

푸름은 시들어 황금빛 짙어지는 시절이련만

해맑게 다가오는 내가 마냥 즐겁습니다

흰 눈썹아래 고요히 밀려오는 풍경

만나는 서러움 한 두 가지가 아니련만

나와 악수해요, 어쩐지 아기처럼 기뻐집니다

내가 나를 만나는 시간이면

후회스러움 들이 이랑이랑 밀려올지라도

모두 저어버리고 행복감을 금치 못합니다

살아 오고 살아 있음은

무엇보다 소중하니까요

2022.8.5. 서울에서

영혼의 도자기

오늘도 나는 내 영혼을
부수고 가루 내여 채에 거른다

모든 불미는 버리고 순수하게 남은
슬픔, 우울, 애상과 희락 그리고

그리움, 추구, 이념의 섬세한 가루를
유약으로 풀어 내 육체에 바른다

심장으로 태운 천삼백도 가마에서
한 점의 도자기가 된다

청자도 백자도 아닌 정의 빛
곱지도 거칠지도 않은 고혈의 시

화병에 멋 적은 꽃 하나 피운다

녹 쓴 기차 길에 앉아서

잡풀이 세월을 여리게 보듬으며
추억의 바람을 흔드는 기차 길에 앉아서
눈 시울 멀리
끝 모를 지평선으로 사념을 흘러 보내네

다시 오지 않는 열차의 뒷그림자
열정의 청춘은 속절없이 가버리고
남은 마음 하나 연민의 정에
헝클어진 머리칼 스산히 날리고 있네

흘러간 세월 저 멀리 구름 한 송이
하늘가에서 무심을 머금고 떠 있네
오래오래 그려 보는 심경엔
잡풀의 애잔한 꽃 송이가 애수에 젖고

이제 남은 건 세월의 사념일 뿐
기다림 없는 녹 쓴 기차 길에 앉은
목석 하나 멀리
저녁 노을에 빨갛게 물들어 있네

2018.12.2. 화원 신촌에서

다시는 못 오시네

- 권철교수와 박화시인이 화원신촌에서 남긴 사진을 보며

다시는 못 오시네

떠나신 길이 어디기에

마중 나가도 다시는 못 오시네

술 마시던 긴긴 밤도 떠나가서

다시는 못 오네

술상은 접혀서 말씀들은 한 구석에 묵수(默守)하고

앉아 계시던 자리도 비여 싸늘한 고요를 지키네

술 향이 배여 인기척 길었던 밤도 떠나 가면

어느 길로 어디까지 간지 모르네

그 길 끝이 얼마나 아득히 먼지도

지금은 어디까지 간지도 나는 모르네

다시는 못 오시네

떠나 가시면 다시는 못 오시네

어차피 다 떠나야 하는 길이긴 하지만

떠나서 못 오는 길은 정말 허망해 −

떠나야 하는 시간이 누구는 짧고 누구는 길어도

다시 못 오시는 길은

눈에 보이지 않는 것이 좋아

오늘이 가면 내일이 오길 기다리는 것이 좋아

떠나시며는 다시는 못 오시네

무엇이 바빠 그리도 총망히 가셨는지 그립기만 하네

떠나 가는 길이 얼마나 먼지도 모르고

왜 그리도 서둘러 가셨는지 모르네

책장에 그대들의 미소와 장광설이 남아

또 술상을 차리라고 하네

2018.2.23. 화원신촌에서

도시 속의 오솔길

- 상해의 80후 조선족 젊은이들에게

현애 절벽보다 가파로운 아파트 층계

그대들은 난쟁이, 오르지 못 한다

무지개보다 현란한 고가도로

그대들은 난쟁이, 달리지 못 한다

화려한 남경로 회해로 홍천로

네온등 오색찬란한 가시덤불 불빛

황금 몽 뭉게이는 그 깊은 협곡에서

찟기고 핥퀴며 오솔길을 내어 가는 그대들

가로등 가로수의 명암 속에

길고 짧아지는 불명의 그림자를 거느리고

불철주야 혈안에 갈망을 불태우며

고민으로 창업의 오솔길을 개척해 나가는 그대들

인산인해의 밀물 썰물에 휩쓸려

애환으로 일러내는 금싸락 같은 희망을

오늘도 번화한 도시의 오솔길에 깔아 놓는다

허리를 펴고 거인이 될 꿈을 펼쳐 간다

방천의 오솔길 보다 더 험한 도시의 오솔길

공중누각 같은 빌딩 청사 아파트아래

장백산에서 뻗어 온 겨레의 피 자국을 이어 갈 때

확신하라, 오솔길 막바지엔 대통로가 열릴 것이라고

2015.12.5. 상해에서

낙화

화려한 한 순간을 간직한 너는
속안이 향기로 가득하겠다
땅에 떨어지면 땅에 물들고
물에 떨어지면 물에 물드는
너 만의 노란 빛 이야기들

아름다움으로 왔다 아름다움으로 가는 너에게
갈 제는 슬프지 않냐 물으면
바람 탓, 시절 탓 탓하지 않고
가는 것도 스스로 가는 길이라고
추억 담아 행복하게 가는 길이라고 …

왔다 가는 것 하나로도
추억은 꿈보다 아름다워
가는 것도 오는 것처럼 아름다워
가는 걸음걸음에 조용히 남기는
울고 픈 최후의 열렬한 아름다움,
아, 아름다움

빈 술병

재활용 수거 자루에
빈 술병이 가득하다
저마다의 상표를 붙이고
꺼꾸로 바로 모로
무질서하게 비틀거리는 술병들

어떤 것은 고달픔의 하소연인 듯
어떤 것은 고독의 냄새인 듯
어떤 것은 사랑의 비린내인 듯
어떤 것은 노숙자의 절망인 듯
어떤 것은 부귀의 오만인 듯
어떤 것은 위정자의 자애인 듯

집에서, 반점에서, 술집에서, 호텔에서,
연회장에서 굴러 나온
앙천대소, 절규, 울음소리, 장광설
미혹, 아양, 뒷공론, 달콤한 거짓말
자루에 갖은 색깔로 가득 차있다

사람 사는 세상의 풍광

한 사회가 자루에 담겨있다

속속

깊은 안방들의 취기 시큼한

혈안의 밀어들

2019.1.26. 서울에서

소 라

소라의 연한 속살을 꼬치로 빼어 먹고

입을 다시다가 그 맛에 바다가 그리워 진다

소라의 껍질에 귀를 대이니

바다의 소리가 가까이에서 들린다

은근한 시 낭송인가, 노래인가, 정겨운

들을 수록 심령의 급행 열차는 바다로 달린다

미역내 나는 저 녘 노을이

주홍색 비단처럼 하늘에서 풀어져 내려

거울같이 잔잔히 깔려진 바다 –

해탄에 머리칼 흐트러진 그림자가 보인다

언젠가 두고 온 나의 허울

홀로 무엇을 찾아 아직 도고히

무한에 잠기여 걷는 …

나는 바다 깊이 숨긴 비밀이 있었다

나는 그 비밀을 안고

바다의 끝 없는 수평선으로 달려가는 열망이 있었다

지금은 외로운 도시의 섬에서 창을 열고

광활한 해양의 정을 그리고 있을 뿐

밤에는 소라의 껍질에서

은은히 들려오는 주인 없는 메아리

술렁이는 달빛에 반사되어 반짝이고

부풀어 오르는 마음은 원양의 함선

굴뚝에서 피여 오르는 가느다란 흰 연기로

낮은 하늘에 수묵화를 그려 넣으며 가고 있다

멀리, 멀리에로의 항행 …

숲

내 마음은 본시 애수가 즐벅한 습지다

살고 저 일광에 숲이 설레 인다

바람이 불면 윤기가 파도 치며

찬란히 설레 이는 생명의 약동

단조로운 개구리 노래는 슬퍼도 순수하다

달이 고요를 내려 깔면 동경이 유적하다

보 잘 것 없는 풀꽃의 향기 속에

나비가 꿈을 물고 잠을 잔다

풀벌레가 잎을 야금야금 갉아 먹는 소리

아프지만 내가 산다는 것으로 행복하다

곤충들의 애잔한 울음에 선잠이 괴롭지만

그것은 나만이 품을 수 있는 음악

이제는 열정이 단풍 드는 늦가을이다

스산과 함께 찾아온 은둔

나의 숲엔 마른 풀잎들이 스치는 소리가 들린다

흐린 눈빛으로 멀리 바라본다

지평선엔 붉은 장미 한 다발 낙조는 아름답다.

시인으로 남게 해주오

시멘콩크리트 아파트는 인정이 끊어진
변새(邊塞) 밖 황야의 적막인 듯
거리의 메마른 번화에 시달린 마음은
밤 마다 꿈속으로 멀리 떠나 가오

초모 눌러쓰고 방천으로 가는 길에
뜸집이라도 있으면 달이랑 하루 밤
들새의 잠꼬대 이슬로 쓰는 시
시인으로 남게 해주오

사람 속에 사무치게 사람이 정겨워질 때
사람들을 떠나 사람을 찾아 가는 길에서
무덤 같은 주막이라도 있으면 옛 시인과 함께
시정에 머문 시인으로 남게 해주오

아름다운 산천에 그림같이 슴배어
낚시 줄 드리우고 자연의 정을 낚으며
무한한 고요 속 물안개에 인정을 그려 넣는
마지막 시인으로 남게 해주오

시인의 허공

눈썹에 매달린 풍경이 울어

광막한 야공을 열고

심장이 염주를 세며

영혼을 끌고 가는 아득한 길

양미간에 세워진 십자가는

세상에 묻힌 고역인가

미지의 무엇을 찾아 헤매가는

잡히지 않는 허망은 멀기도 하고

허와 실, 공과 색

점점이 반짝이는 별빛의 지령들

생겨 나고 사라짐에

영원의 한 순간을 미물로 살면서

반디 불 같은 시어를

허공에 그어 가고 싶어라

정이란 눈부신 생명의 빛임을

별처럼 남기고 …

살아 도달할 수 없는 영원을

죽어 도달해야 하는

허공의 끝

그곳엔 무엇이 있어 이리도 그리운가

2020.4.2. 서울에서

집에는 잘 우는 아기가 있다

- 당대 젊은 어머니들에게

집에는 잘 우는 아기가 있다

어머니여, 짜증 내지 마시라

울음은 딴 세상에서 온 축복

이 세상이 낯 설어 우는 것이 어니

어머니여, 품에 포근히 안아 주시라

이 세상이 무서워 우는 것이니

추움과 더움 속에 그대 보다

평화롭고 안온한 품은 없나니

집에는 잘 우는 아기가 있다

어머니여, 저 창 밖의 도깨비 같은 네온 등 눈빛

요란한 차 바퀴의 소음들이

어비가 오는 것처럼 들려와 우는 것이니

이제 아가는 그 속을 뚫고

용감하게 살아가야 하는 것이 어니

제가 격고 알게 되면 지혜로워져

슬기롭게 이겨 갈 것이니 걱정 마시라

어머니여 울라고 하라, 아기는 울음으로
감각이 영리해지고 총명해 지리니
잘 도착했다고 딴 나라에 보내는
이 세상의 노래일 수도 있으리니

장차 보시라, 그 울음으로
하늘을 뚫고 출세하려는 것이 어니
혹시 가수가 되려고
노래 연습을 하고 있는 것이 어니

어머니여, 우울해 말아
지금은 힘들 더라도 조급해 말아
그 울음은 웅장한 교향악의
전주일 수도 있으리니

그 울음이 없으면 이 세상은
사막처럼 얼마나 고적할 것인가

그 울음에 만물이 환희로 넘칠 때

웃음을 다 가진 것처럼 행복하리니

한 가수에게 드리는 노래

내가 사는 이 세상에,

아, 이 세상에

귀 바퀴에 맴도는

달콤하고 향기 나는

그대의 우미로운 노래는

아련한 풍경화 속으로

나의 심령을 끌어 가고 있습니다

밤 하늘도 녹아 마음에 흘러 잔잔히

골골 굽이굽이에 별들이 흐릅니다

섬광을 반짝이는 청량한 물결에

노란 연정의 꽃잎을 띄워 기슭 칩니다

그대의 노래는 어쩌면

실연의 슬픔도 그렇게 아름다운가요

사무치는 그리움도 그렇게 아름다운가요

그대의 꽃 입술에 솟는 샘물의 노래

메마른 심전에 애하로 흐르게 합니다

그대의 노래는 꿈결의 길입니다

선경 속 어느 냇가에서 누굴 기다리는,

그대의 노래는 전설 속 미궁에 떠있는 운무입니다

꿈속의 꿈길을 구름처럼 흐르며

누굴 하염없이 찾아 가는,

아지랑이 가물거리는 선율의 노란 길

상감들도 은행잎으로 날리는 길

애틋한 그리움도 코스모스로 피여 흔들리는 길

사막도 녹주로 풀꽃이 청향을 풍기는 길

그 길에 무거운 고독을

십자가처럼 진닌 제가 가고 있습니다

그대의 노래가 머물어 있는 곳

그 곳에 모든 고뇌들을 내려 놓고

신운(神雲) 속을 가벼이 날아 다닐 것입니다

이 세상, 이 세대

그대는 어느 신이 보내주신 가수입니까

나는 행운의 행복에 빠져듭니다

지금도 온 몸이 풀어져 노래 속에 잠겨 듭니다

2018.12.2. 화원신촌에서

황혼의 별

– 한 석별의 아픔을 지닌 여인의 고백

저 녁 노을 걷어간 서녘 하늘에

흘려 놓은 별하나

유난히도 반짝입니다

그대의 눈빛인 듯

별을 향해 달려 가는 열차는

어둠 속으로 종적 없이 잠겨 들고

머언 지평선에서

적막이 소리 없이 밀려오는 밤

저 별을 향해

뜬 눈으로 꿈속에 들어가

시선으로 돌돌 감아서

마음에 설친 거미줄에 걸어 놓습니다

아, 그리운이여

나는 이 밤 갈망에 여윈 거미가 되었나 봅니다

천고의 절창을 저 창망한 하늘에 부르며

홀로의 고적한 그림자로 …

별이 서녘의 하늘에서 사라지네요

이제 남는 건 무엇인가요.

거미가 지키는 싸늘한 허공

막막한 외로움

그리고 또 그리고 …

2018.12.1. 화원신촌에서

한양의 반유구화역에서

화개엽낙 무상춘추 몇 백 년인고

창천도 변했는지라 땅도 변했는지라

한자 밑 진토에 잠긴 풍진세월의 음운

달구지 소리 발자국소리는 들리지 않네

내 옛 사신 아니래도 두루 배회사억 하노라니

안양천 수광에 떨어지는 저녁 노을

붉은 빛에 흘러 온 이 나라 광음이 눈물겹고

우여곡절에 괴인 피눈물이 금천 벽파에 이글거리네

분주히 지나간 사람들 다시 오지 못하고

오늘 사람들 이어 분주히 지나 가네

자동차 승용차 발걸음 물밀 듯 지나가는 역두

전설처럼 사락이는 노란 은행잎만 예전처럼 흩날리네

허나 세계화의 역두에 발차고 일어선 거인아

유구한 문명고국은 영광을 지니고 그칠새 없이

치솟고 떠밀며 거세차게 양양히 흘러라

역두에서 잠사성오 하노라니 감개가 아슬아슬하여라

2021.11.3. 서울에서

서울 시흥대로 독산3동 구역에는 한양의 반유구화역 옛 역참 터와 기념비가 있다

한반도 해변가에서

검푸른 적막이 가득한 바다

부서진 달 빛이

이랑 이랑 밀려 오누나

란아 –

아스라이 먼 낭만의 해안선에서

배사장의 은빛은

고운 정으로 밀려 오건만

하늘과 바다 사이엔

어이 만날 수 없는

한스런 사념만 망망히 서렸느냐

란아–

거친 파도에 귀 먹으면

우리의 속삭임 소리만 들려 오누나

언제면 너와 나란히 손잡고

흰 물결 발목 적시며

우리의 노래를 불러 볼까

란아–

우리는 곁에 가까우면서

만나지 못하고

천만리 멀어 더욱 그리워 지누나

서럽게

그리워 지누나

란아—

시래기 (詩來記)

시집 한 권 또 낸다

질긴 고집으로 엮은 배추시래기 무 시래기

그리고 끓는 물에 데친 민들레 취나물

한 다랑구 두 다랑구, 무정의 바람에

바즈작 바즈작 부서지는

기쁨과 슬픔과 인정이 말라버린

무미와 무감의 줄거리,

상가나 마트에 내 놓지 못할

시집 한 권을 또 낸다

울부 짓는 소리도 메말라 사락사락

호탕한 웃음소리도 메말라 바작바작

눈물도 메말라 소금 끼가 하얗게 돋은

허무와 고민의 아픔이 건조된

시집 한 권을 또 낸다

싱싱 파랗던 고락의 시래기

세상 길에서 아픈 허리 굽혀 주어 모은 한 아름

집념의 고혈이 까맣게 마른

시집 한 권 또 낸다

세상의 비소가 서리지나 않을까

풋내 나는 국거리

시집 한 권 또 낸다

제5집 서울 연가

서울 연가

굳이 정은 바라지도 주지도 않는다 해도

서로 그리워하는 사람이 서울에 있으면 좋겠다

지하철이나 버스의 수 많은 낯선 사람들 속에서

내 앞에 살가이 다가와 말은 건네주지 않는다 해도

미소로 훔쳐 봐 주는 눈길이 있으면 좋겠다

번화한 명동 화려한 영등포가 아니래도

영화 속의 미녀들처럼 곱지는 않는다 해도

고요한 덕수궁 돌담 길을 가지런히 걸으며

사랑한다는 말 속삭이기 보다는

기상천외의 이야기로 음악 속을 가벼이 걸어가듯

적적함을 풀 수 있는 사람이 있으면 좋겠다

한강 기슭에 혼자서 쓸쓸히 앉아 있노라면

햇빛 담긴 물결처럼 다가와

상긋이 웃어주는 사람

침묵을 빙그레 흔들어 놓는 사람

네온 등 가로등 불빛 흐르는 서울의 거리

차가운 그림자로 유령처럼 걸어 갈 때면

오래오래 기다렸던 사람처럼 살며시 다가와

몹시 적적했느냐고 애교로 달래주는 사람

굳이 정은 바라지도 주지도 않는다 해도

잠 못 이루며 서로 그리워 하는 사람

그런 사람이 서울에 있으면 좋겠다

2011.7.23. 서울에서

소흥 심원(深園) 정회

예서 한걸음에 백 년을 주름잡아 걷노라면

안개비 자욱한 먼 오렌지 빛 꿈길

연 잎에 고인 수정 빛 흐느낌 소리도 가끔

저토록 애절히 솔곳해 져라

당완의 실죽(絲竹)같은 고운 손 술병을 푸니

육유보다 내가 먼저 취할 듯 몽롱하고

육유와 당완이 각각 남긴 〈차두봉〉 두수

청풍 같은 시 향이 가슴을 쓰리게 저며라

고요한 늪 옛 풍경 고느적히 담았는데

수양버들 비파줄 인듯 흘러 내리는 노래

무수히 작은 동그라미들이 수면에

천추의 절창을 그려 넣어라

수련(睡蓮)

수련은 제 멋에 사는 수련인 것

한 올 실오리 걸치지 않고 자는 모습

저리도 음탕한 아름다움

내 눈 앓이 없이 봐도 되는가

해 볕에 금시 터지려는

빨간 속살이 팽팽 들어 찬 봉오리

명경 같은 수면에 쏙 내민

여린 꿈 망울

청개구리 한 마리 아무 감촉 없이

그 우에 능청스레 앉아 있다

그의 동그란 눈동자에 비껴있는 내 눈

아, 훔쳐 보는 내 눈

아름다운 명상

눈을 감고 명상의 창문을 살며시 열며는

교교한 달빛과 함께 들어 오는 영상

내 마음의 강물에 떠서

사념의 소용돌이에 물결 타고 맴도네요

어디서 지어 입은 황홀한 기품의 저고린가요

달빛의 날과 올로 짠 월광사(月光紗)

별빛처럼 빛나는 찬란한 보석이

옷 고름에 그대처럼 눈부시네요

어디서 지어 입은 우아한 치마인가요

모란꽃 빛깔로 짠 연분홍 주광사(珠光紗)

미풍에 치렁치렁 이는 환상의 잔물결

화려한 매력에 정갈한 산수가 감겨 오네요

꽃밭을 걸어도 꽃보다 아름다운 그대

목련 같은 고아한 얼굴에 살짝 띄운 미소가

달무리처럼 은은하게 명상을 흔드네요

한복 입은 그대는 어느 별에서 온 녀신 인가요

이보다 더 아름다운 모습이 있을 수 있는가요

아, 아름다운 절세의 녀신 이시여

세월도 비껴 가며 영원히 그 용모 간직하라네요

2019.1.14. 서울에서

아침의 고요 속으로

풀잎에 맺인

영롱한 잠결이

물새의 지저귀는 음파에

간들간들 흔들려

똘

랑 –

거울 같은 수면에

한 겹 동그란 여운을 그려간다

밤새 곱게 다려진 우유 빛 마음이

명주 비단결로

허공에 피여 올라

주홍 색 서기가 디딜 무렵

하늘로

쪽빛 묵념이 흘러간다

물 기슭엔

휘늘어진 수양버들 사이로

눈 시울 젖은

꽃이 잠잠히 바래는데

어제 밤 꿈결에서 우연히 만난

아름다운 여신의 무표정에 숨긴

그윽한 눈빛이다

정물(靜物) 속엔

미지의 신기가 움직인다

마음의 고요는 호수이고

동공은 경물을 끌어 오는 창이다

무한이란 배경에서

천 년을 죽어 있는 듯

천 년을 살아 있는 듯

세상의 고요

영겁이 숨쉬는

곳은

내가 열어 놓은

내 마음이다 … …

2019.6.18. 서울에서

오월의 화단

내 마음은 노랗고

노란 비단 수건이다

바람

바람에

유황 같은 불길이

펄럭인

다

어느 꽃이 나를

향해

새물새물 웃으며

떨림으로 불러 줄까

기다림

이

화단에서

타고 타는

설레임

귀를 강구고 나비처럼

날아

날은

다

오월은 꽃 물결이 흐르는 몽하(夢河)

문득 잃어버린

아련한 시절로

헤메 헤메

간다

어딘가

물

물에 빠져 퍼덕이고 있을

날개

인

고

로 살아

왔음에

남은 건

남은 건 물, 물 물

물방울

소 소리다

2019.5.6. 상해에서

오진(烏鎭)을 몽유(夢游)하다

밤은 천 년의 만장 어둠에 잠겨 들어

주막마다 밝힌 초롱불 벽파(碧波) 위에 흔들리고

배타고 세월을 저어가는 노에 이는 물결

몸 실은 갑판아래 옛정이 손짓하며 흘러라

수로 량 켠엔 소요하는 시발의 의상들 비껴

울긋불긋 계절 꽃 떠서 출렁이고

수양버들 치렁이는 줄 치마에

파란 옥 옆들이 달려 구슬 빛 미끄러져 내려라

예서 하루 밤 그 깊이는 역사이니라

창문들의 화촉에 규수의 비파소리 감기니

가락이 밤하늘에 줄을 늘어 놓은 듯

은하가 기울어 별을 쏟아져 내려라

자정이 지나 유객들 주막에서 잘 무렵

잠이 안 와 몽유의 길 멈췄는데

가만히 궁형의 돌다리에 서 있노라니

흔들리는 꽃등이 내가 떠 가는 꿈결 이여라

2019.7.4. 서울에서

제목 없이

저 파란 하늘 끝

목을 길게 빼 들고 홀로

사막의 능선을 원정하는 낙타가 있다면

내 목 타는 갈망이라 하라

저 노을 빛 잔잔한 호수 가에서

천천히 풀잎을 뜯으며 거니는

긴 뿔의 꽃 사슴이 있다면

내 사색이 머물러 살지는 곳이라 하라

저 어느 동심이 숨 쉬는 산언덕

이름 없는 잔 꽃에 내려 앉아

팔락팔락 날개 짓 하는 나비가 있다면

내 꿈이 그렇게 고왔다 하라

마음에 그림을 한 폭 두 폭 그려갈 적

핏방울 방울방울 떨구어

작은 풀꽃이라도 빨갛게 피운다면

내 살아 모대긴 보람이라 하라

2016.6.13.

청풍(清風)

수양버들 휘늘어져 늪에 흐느적
명주 필 풀어져 잔 파문 지어가네
바람의 장난이겠지 무영의 바람

머리칼 아랜 속 눈썹 두른 쌍 호수
말간 하늘 담고 밑창 없이 반짝이네
호롱불 흐르겠지 깊은 심연에서

빨간 꽃송이 하나 피안에 비꼈네
누구일까 추억의 풍전등화
가물가물 먼 세월에 잊은 듯 만 듯

청풍이 부네 보풀 이는 생각들
조용히 늪 가에 혼자 앉아 있노라니
잦은 가슴은 한가로운 잔 결 짓네

2018.10.21. 화원신촌에서

최면곡

물안개 위에 엷은 물안개 위에

고요히 들려있는 푸른 산수

유유히… 유유히… 흐른다

하늘에서 내린 별, 보석 같은 별

버들가지에 꿰여 드리워

칭칭 하느적 거리고

어디선가 실오리처럼 감실거려 오는

바이올린 선율 떨림 소리에

여우 같은 시 낭송 음성을 얹어

하루를 사르르 풀어 놓는다

착잡한 일상을 잠재우는

화애로운 자장가

일어선 신경들을 부드럽게

가만히 눕힌다

눈을 감으면 은방울 굴리는

동자들의 웃음

어둠도 아닌 밝음도 아닌

길을 열어 놓는다

꿈의 궁궐은

꽃구름 위에 떠 있다

포근한 침대는 물안개 타고 올라

둥둥 올라

궁궐 속으로 들어간다

천장엔 고요한 우주

침대 아랜 파란 지구

세간을 떠나면 안온하다

들숨 날숨

소르르 소르르 잠을 잔다

달콤한 꿈결 속에 폭 묻힌

녹진한 몸

천 년도 그 만…

만년도 그 만…

2019.9.23. 서울에서

추수(秋水)

파란 명경이 드러누워 알른알른한 호수에

명월이 내려와 미끄럼 타는 정취 아치(雅致)하고

기슭에 앉아 있는 고아한 여 시인의 용모엔

잔잔한 시정이 추파로 줄 무늬 그어 가네

마음의 선율을 타는 바이올린 가늘한 음운에

하늘의 별무리 눈동자에 빨려와 흐르고

끝 모르게 깊어가는 고적의 공간에

구름 한 송이 심사에 걸려 머무르다

삼라만상이 무한의 시공에 잠겨들 적

여 시인은 무슨 그림을 그려 넣고 있을까

고운 심경엔 추수가 고여 암류가 움직이고

유화처럼 단아한 얼굴엔 가을빛이 흐르고 있다

2018.12.26. 서울 뜰안채에서

태호가에서

취옥 색 비단결 따라 우유 빛 물안개 헤치며

미끄러져 가는 쪽배는 내 마음일레라

청산에 가지런히 수 놓인 하얀 민가들이

배전에 너울너울 감겨 곱게 갈라질 레라

차원에는 차 향이요 죽림엔 죽 향이라

미풍에 실려와 푸름도 농염하게 고여 있슴레라

담백한 수묵화 한 장 앞뒤로 둘러 고요롭고

백로가 가볍게 선회하며 무심을 자아 낼레라

붓을 들어 공백에 시 한 수 써 넣으려니

낙서일가 서슴거리며 보고 있을 즘

무뜩 그리운 얼굴이 안개 속에 아련히 떠올라

그림 속에 혼자 들어 가긴 아쉽고 외로울레라

필 끝의 원주(圓珠)

사랑이란 필 끝으로

시를 쓰면

원주는 달콤하게

종이 위를 굴러가네

꽃 나비들이 필 끝에 날아들고

벌들이 필 끝에서

날개를 접고

꿀을 빚네

마음의 노래는 흘러 내려

시정이 되고

웃음들이 원주에 묻혀 구르면

절묘한 화원의 그림이 되네

상감의 남색과

희락의 빨간색은

어울려 까만 색

원주에 묻어나는 인생사

필 끝이

마음의 길이 되여

사랑으로 가는

꽃마차가 되네

아 나의 달콤한 원주 필!

2018.2.3. 서울 뜰안채에서

영혼의 선율

밤, 고요한 밤이다 …

영혼의 검 판에 물결처럼 흐르는 선율

공기를 잔잔히 흔들어 멀리 전해간다

심기를 잡아 슬슬 이리 저리

묵상을 자욱한 대자연속으로 이끌어 간다

혼신이 녹녹히 녹아 가볍게 따라 가는

엷은 우유 빛 안개

강을 건너 수풀을 지나

산발들에 떠서 부드럽게 스치며 날아간다

선율의 물결에 별들이 내려 신화를 반짝이고

검푸른 하늘의 고요가 내려와 그윽하게 감긴다

선율에 아지랑이처럼 흔들리는 달빛 창문

꿈 결속 미소녀의 동요를 실어간다

나의 침잠한 마음도 떨려 곡조으로 흘러나온다

영혼에 스미는 향기로운 선율

선율이여, 가는 곳마다 이 세상엔 아름다운 풍경

그 어딘가에 있을 오붓한 꿈의 고향

손에 든 장미꽃 한 송이

누구에게 줄 수 없을까

한 잎 한 잎 뜯어 보내는 꽃잎-

선율에 날려 팔랑팔랑 아득히 날아간다

밤, 고요한 밤이다 …

2019.11.13. 서울에서

오월의 잔디밭에 누워

비단결 고운 오월이

치마폭 풀어 널린 잔디

생기 팔팔 이는 파란 불길에 누워

가만히 눈 감습니다

해가

눈 두덩 붉게 어리면

소르르 따사해진 몸

꿀물같이 녹아

사지의 맥은 흐르고

나른하게 말합니다

- 나 요렇게 죽고 싶어요

살그머니 잠겨 드는

영겁의 꿈속

가없는 산야로

소복 단장한 허영이

아지랑이 밟으며 다가 옵니다

겨우내 기다리던

사랑이란 걸까요

조용히 바라는 동안

가슴이 두근거립니다

미구에 물오른

촉촉한 촉감

입술이 간지럽고 향긋해 집니다

날려온 꽃잎 하나

누구의 입술인지 모르는

그 핑크 빛 부드러운 꽃잎 하나

입술에 찰싹 달라 붙습니다

아,

이대로 죽어

한 없을 것 같군요

오월의

입맞춤이여

꽃이 피여 있는 무덤

지나 가다 발길을 떼지 못하고 멈췄네

주인 없이 우듬지 풀 무성한 무덤에

긴 세월의 적막을 비집고 나와 피여 있는 꽃

꽃이라면 다 곱겠지만 이 꽃은 애틋하게 고와

내 심사 끌어 당겨 옛날로 뻗어 가네

무슨 사연이길래 비석대신 한 송이 꽃이

목 길게 빼어 들고 기다림인 듯

먼 강산 어디를 굽어 보고 있는가

눈 시울의 이슬 속엔 반짝이는 슬픈 빛

한 서린 향기는 코끝에 맴도는데

살아서 유정은 무정보다 아파

무덤 안에서 떠 올려 갈구하는 혼

천 만가지 수다 응축되어

노란 색깔은 아름다운 하소연 인 듯

나는 알리 없어라, 이름 모르는 망자여

이 세상에 와서 가실 때에는

인정과 사랑 밖에 더 있겠느냐

오늘에 까지 그 그리움이 서려

곱다란 꽃에 서글픈 웃음이 낀 것을

할 예기는 천마디 만 마디일 지라도

꽃 한 송이면 그만

아, 사람 사는 세상아

예로부터

정은 천 년에 미치는 것 이여라

2019.7.21. 서울에서

나의 침묵

나는 사막의 침묵을 지녀

그리움이 아득한 능선 따라 뻗어있네

속 눈썹아래

낙조가 물든 붉은 하늘가

걸어 가는 낙타는 보이지 않고

나의 고독만 광막하게 깔려있네

때론 모래바람이 사납게 전율하며

동공 안으로 밀려 오지만

나는 눈 감지 않고 응시하네

아, 나의 그리움은 이리도 처절하였네

사막에 눈길을 눕혀 가 닫지 못하는 끝

어딘가엔 알지 못 할 신기루가

내 그리움을 미치게 유혹하고 있네

거기엔

아름다운 시신 뮤즈가 날 향해

빨간 보석이 눈 부시는 손을 내밀고

애달피 웃고 있네

나의 침묵은 그를 향해가는

묵묵한 사막의 도고함 이였네

2019.7.28. 서울에서

해변의 여인

파도소리 허공에 가득하고

해풍은 원피스를 하르르 여미여도

단아한 뒷모습은 곡선을 날리며

해변에 고요한 정서를 풀고 있네

누구일까, 얼굴은 바다를 향하고

뒤엔 걸어 온 그림자를 남긴 그녀

바다엔 흰 갈매기 날며 울고

먼 바다 끝에서 떠가는 배

아득한 고동소리는 가늘게 들려 오는데

기다림일까, 바래움 일까

아니면 이토록 광활한 세상을

끌어 넣으려고

가슴을 활짝 열어 놓고 있는 것일까

고요함 속에 세상을 빨아 넣고 있네

철썩이는 파도소리로

부질없는 세상의 정한을 비워버리며…

2019.7.22. 서울에서

황소의 눈물

내가 너를 볼 때마다

눈 굽엔 눈물이 고여 있다

눈물은 마음의 샘물이라

마음 없이 어이 눈물이 있으랴

우리 둘 사이엔 언어가 없어

내가 네 마음을 모르고

네가 내 마음을 모르고 지내왔구나

그러나 눈물보다 더 절실한 언어는 없나니

너의 눈 물을 읽으면

네 마음의 깊이가 내 마음 보다 더 깊음을 안다

우리 둘 사이엔

말 없는 육중한 침묵이 흐른다

말 못할 천고의 서러움이 서려

말로 하기는 너무나 목 메이는

우주의

무거운 사랑을 눈물로 지닐 수 없겠느냐

너와 나는 …….

2019.4.15. 서울에서

수면 소야곡

포근한 황토 침대에

온 몸을 풀어 널고 눈을 감았습니다

아무 빛없는 나만의 어둠에 묻히면

졸-졸-졸 맑은 물소리 타고

경음악이 굴러가는 리듬 따라

아늑한 곳으로 잠겨 갑니다

소시 적 감미로운 어머님의 자장가

신비로운 세상으로 길을 냅니다

모태에서의 10개 월

30억년의 여정이 아득한 진화가 그려집니다

바다의 물결소리가 들리고

산호초 사이에 지느러미를 저으며

나는 치어가 되어 꿈 같은 물속을

자유로이 헤엄쳐 다닙니다

원초의 그곳엔 신화와 동화가 있고

무서운 세상을 차단한

어머님의 숨결소리만

심장의 박동소리만

생명의 찬가를 부르는 곳입니다

수면이란 모태 속으로 들어 가는 것입니다

고요함에 안정이 있는

동이 트이면 나는 울 것 입니다

험악한 세상

마스크도 껴야 하니까요

온 갓 박테리아가 득실거리던 수 십 억년

고난의 여정에 살아 나온

치어가 외이리 약해 졌는가요

나는 지금 침대에서 치어가 되어

원초의 물속에 자유로이 헤엄치고 있습니다

잔잔한 바다

어머님의 자장가만 들립니다

2021.1.8. 서울에서

구채골, 황룡산 유람시초

(1) 격상화(格桑花)

파란 하늘 한 점 빌려 사는

저리도 노란 꽃 살 한 송이

애교도 추파도 없이

무정할 만큼

침묵불어의 지고한 아름다움

세간의 시름도 기쁨도 모르는

오로지 고독

결백만을 품은

고원의 성화(聖花)

오고 가는 이는

고이 오고 고이 가시라

눈길도 주지 않는

고매한 정조

저만이 성결한 몸

명경에 시선을 모아 다듬고 있다

가만히 옆에 가면

못 견디게 그리워도

참아

상념이 될가 손 내밀어 만지지 못하는 너

떠나 며는 다시 뒤돌아 그리워지는

믿도록 고운 너

나약함이 험악을

이기는

냉정하면서

성결한 아름다움일레라

(2) 구채골(九寨溝) 선경

아, 여기는

깊고 높은 구채골

푸른 명경

채색 명경이 층층

백 열 네 개

명경과 명경에 하얀 하다가 드리워

청정한 음악 굴러 내린다

명경엔 하얀 도포 걸친 천신

긴 백발 드리운 산신

그리고 늙은 목신들이 들어앉아

우리만이 듣지 못하는

저들만의 열변을 토한다

하나 하나

명경에 비친 사람들의 영혼을 변론하며

티도 끌도 없이 헹구어

아래로 내려 보낸다

유람객의 영혼은 골에, 여울에, 낭떨어지에

산산이 흩어지고 부서지고 다시 결집된다

입구에 탈속하였다가

출구에 환속하는 신의 절경 속

아, 정갈한

수정 빛 영혼들

(3) 죽음의 유람

죽으러 가는 길이 이 처럼

아름답고 유적(幽寂) 하다면

죽으러 가자

경쾌하게 죽으러 가자

물은 푸른 옥

무덤은 공작새의 깃

하늘과 산과 수목과 물 그대로

정교히 어울린 묘지명

나의 혼을 신령으로 보내고

허울로 올 때는

한 몸

청풍 –

(4) 야크를 탄 자화상

나는 야크를 탄

21세기의 돈키호테

탄약도 없는 엽총을 둘러메고

청장고원 너머 세계 일주를 꿈꾸다

산하의 시간은 호용하는 준마인 듯 빠르지만

산상의 시간은 야크의 잔등에 어정이다

그것도

말뚝에 머문

일각이 천 년만큼 길고

천 년이 일각에 머물다

울긋불긋 기발

먼 라마사원

언젠가 죽은 야크 뿔 나팔 소리

돌아 보지도 말고 앞을 보지도 말자

지금 여기는

하늘이 손 닿는

영원이라는 곳

망상일 수록 행복한 곳

내가 무서워 겁 많은 설랑(雪狼)은 오지 않는다

나는 야크의 고기를 먹고

순하디 순한 야크를 탄

흉악한 이발을 가진 괴물

(5) 야생화

하늘의 별이 내려와 쭉 깔렸다

점점이 분홍색, 노란색, 흑진주 색 ….

촘촘히,

일진 고원의 바람에 쫘 쏟아졌다가

다시 담겨 총총히 뿜는 빛깔

고약스레 질긴 뜻은 무엇인지 모르겠다

혹시 하늘이 내린

성결한 혼

(6) 황룡산 가는 길

금방 비행기 날개 구름 헤치고 내렸는데

지금은 네 바퀴로 구름을 달린다

아슬아슬 구름에서 떨어질 듯

구름 새엔 내려 보이는 올망졸망한 범간(凡間)

희박한 공기 속에 하늘을 향한 고백은 없다

다만 승천보다 하천을 바랄 뿐

(6) 황룡산

황룡산 골짜기에 거룡이 꿈틀거리다

커다란 황금색 비늘 들추며 골골에 거창하게 굽이치다

비늘마다 하늘을 풀어 담은 옥수

여울로 폭포로 쏟아지다

억년의 과거 속에 탈피하며 하늘을 오르는 장관인 듯

그 옆을 지나가는 유람객 수 천명 개미떼 같아라

자연은 정복할 수 없는 것

어울리는 법을 배워라

아, 숭상만이 인류가 사는 길

위대한 자연에 순응하며 살어라

(7) 설산

그대로 이다, 천고 그대로이다

설산에 오르고 내림은 천년 만년을 돌아보고 옴이로다

산하를 굽어 보면

나무 잎 꽃잎 피고 지고

천장의 사신 독수리 선회하고

까마귀 운다

냉정하면 신성이요

유정이면 생로병사라

오고 가는 것

정 탓임에

정이 꽉 막힌 설산을 우리는 영혼의 고향이라 함은

생명이 없는 곳은 신성하기에

2014.7.1. 상해에서

시집 후기

명상 시 개요

현대인은 산업화, 정보화 시대에 살면서 지력 경쟁, 취업 경쟁, 물질 경쟁, 자원 경쟁, 그리고 각종 사회 갈등을 원인으로 인해 여유적인 정신 생활이 극도로 비좁아졌으며 불 확실한 생존의 우려 속에서 부동한 심리적 병태를 가지고 있다. 보편적으로 존재하는 번민, 우울, 고독, 비관, 긴박감, 열등감이 그 예라 말할 수 있다. 이러한 심리 상태는 스트레스 호르몬 코로티솔을 분비하여 정신과 육체의 균형을 파괴하며 병들게 한다. 이를 치유하는 효과적인 방법은 명상을 통한 심상 치유로 각광받고 있다 근간에 시(詩) 치유란 발상도 나오고 있는데 주목해야 할 바이다.

뇌 과학이 발견한 바에 의하면 뇌 신경 전달 물질에는 50여종의 화학 물질이 있다. 그 중 돋 보이는 것은 행복 호르몬 엔돌핀, 안정감을 주는 에르토닌, 만족감을 주는 도파빈, 친근감을 주는 옥시토시, 자율신경의 조화와 균형을 주는 셀로토닌 등이다. 이런 호르몬의 생성은 스트레스 호르몬 코로티솔을 억제하는 작용을 한다. 이러한 호르몬의 생성은 정신질환과 육체질환에 치유 효과가 있다는 것을 임상에서 증명 되었다.

명상은 정(靜)적 환경과 정서 속에 몰입할 때 잠재의식과 현재 의식이 외계의 아늑한, 혹은 아름다운 경물에 대한 감지와 감응에서 나타난다. 우리의 잠재의식 속에는 많은 이미지와 감정 궤적이 저장되어 있다. 정적인 정서 속에 몰입하며 잠재의식 속의 아름다운 기억을 아늑한 환경과 재결합하며 깨달음이나 창조적 무엇을 떠 올릴 때 무한한 쾌감을 느낀다. 이러한 명상은 시간과 공간, 장소의 제한을 받지 않기에 무한히 자유로운 발상을 가진다. 현실에서 나타나는 아름다운 동경 심지어 환각과 환상도 명상의 범주에 속한다.

명상은 에너지를 발생 발산한다. 이 영적 에너지는 신체의 긍정적인 호르몬을 자극하여 분비하게 한다. 이런 신경 전달 에너지는 치유의 에너지로 심리와 육체의 자율 신경을 최적의 상태로 도달하게 한다.

명상 시는 3요소가 불가분리로 작용한다. 바로 의념(意念), 의상(意象), 의경(意境) 이다.

의념(意念)은 마음속의 숙망, 바라는 바, 그리움 등 목적 의식을 말할 수 있다. 명상도 의념이 작용하여 나타나는 심리형상이다. 시인의 상상은 시간적 공간적 어느 시점에 머물어 기를 집중하여 염원을 기원한다. 이념 시. 사랑 시, 상사(相思) 시, 축원 시, 송시, 기도 시, 그리고 저항 시, 참여 시, 저주 시가 이류에 속한다. 이런 시는 대상(인간, 사회, 자연) 자기의 의도로 움직이고 개변시키려는 염원을 가지고 있다. 특히 참여시는 시인이 갖고 있는 사상과 주장으로 객관 사회현상에 대한 격렬한 감정 의식을 시화하고 있다. 시인은 마음의 응어리를 시로 풀어 낼 때 무한한 쾌감을 느낀다. 의념은 목적의 한 곳에 명상을 집중하는 것으로 육체적 모 부분에 병이 생겼을 때 기를 운반하여 온도를 높게 하는 작용으로 치유할 수 있다.

의상(意象)적 명상이란 이미지 명상을 말하는 것이다. 의상이라면 시론에서 흔히 말하는 심상이다. 명상을 통하여 정(情)과 경(景)을 떠 올리는 형상 사유를 말한다. 의상적 명상은 역시 정적인 환경에서 마음의 기억들을 그림으로 구상(具象)화하는 창조과정이다. 의상은 시 창작에서 구사의 핵심이며 시 창작과정의 주요 원소로 시 창작에서 형상사유의 시종에 융합 되어 있다. 의상적 명상은 은유식 명상,

비유식 명상, 상징적 명상, 통감적 명상(오관의 감각적 의상), 교체적 명상 겹영식 (疊映) 명상(두 그림이나 몇 개의 그림을 겹치는), 시공적 명상, 복사식 명상 등 여러 가지 명상을 통해 시의 형상을 풍부하고 다양하게 해준다. 이런 의상을 시인은 동태적 의상, 즉 움직이는 의상으로 만들면 더 생동한 시가 된다. 그래서 좋은 명상 시는 정경(情景)속에 움직이는 미적인 형상을 시인의 생활에서 독특한 감수, 발견을 인입(引入) 한다. 나비, 꿀벌, 잠자리, 사슴, 낙타 등등을 등장시켜 시인의 감정을 대변한다. 그리고 그대, 님, 녀신, 시신(詩神) 등을 정경 속에 인입 시켜 시의 동태적 미를 더해준다. 아름다운 정경속에 우아한 녀신이 단풍 길에서 드레스를 끌고 천천히 걸어가는 화면을 시화해 넣으면 시의 정취가 아늑하고 독자가 읽어 감상하면 자기가 그 속에 있는 것처럼 미적 감화가 깊어진다. 이것이 바로 예술로서의 의상 창조이다. 의상 명상의 주요 특점은 정감의 웅어리를 풀어 안개처럼 사라지게 하여 그 자리에 미적 정경을 회화해 넣어 정신적 평안을 준다. 호흡 명상, 자연 명상, 음악 명상, 등등 명상은 정경 명상으로 이루어진다.

의경(意境)은 심경을 말한다. 의경(意境)은 의상에 비해 더 광범한 내용을 갖고 있다. 의상도 의경의 한 부분이다. 의경은 정, 이, 형. 신(情, 理, 形, 神)의 엄청난 의미가 있는데 가장 중요시하는 것은 신(神)적 경계이다. 즉 한 수의 시에 영(靈)적 경계와 여백을 확장하여 심령의 공간을 감성화하며 시인이나 독자를 무한한 상상의 공간으로 이끄는 작용을 한다. 이를 심광신의(心曠神怡)라 한다 세계는 허 (虛)와 실(實), 무(無)와 유(有)의 공간으로 우리의 정신에 무한한 미적 공간, 혹은 상상의 공간을 넓혀 주는데 여기에 시의(詩意)가 존재한다.

한 수의 시가 영적 상상의 공간과 정(情)이 없다면 시로서의 의미가 상실된다고 본다. 시 본래의 의미는 비 물질적인 영혼 활동으로 정신의 주파를 기록한 것이며 또한 그 주파를 독자에게 전하는 것이다. 정신 활동이란 두뇌에 기록된 기억들의 재 결합 재 창조이다 이로 인해 미적 경계를 전달하는 것이다.

명상 시는 화자의 이성(理性)이 깊을수록 감성(感性)이 풍부해진다. 명상이 도달하는 목적은 감성이다. 감성은 에너지를 생성하고 발산한다. 이런 감성적 에너지는 신경 전달 물질로 병적 심리나 육체 치유에 도움이 된다.

그러나 명상은 반드시 긍정적 명상이어야 한다. 소극적 명상, 비관적 명상, 우울한 명상은 오히려 심리와 육체의 병태를 유발한다. 시 창작으로 말하면 난해 시, 고립주의 시, 현학 시, 몽롱 시가 그러하다. 고금의 적지 않은 시인들이 정신 치료를 받은 경력이 있으며 심지어 자살하는 원인은 자신의 의념에 대한 비관실망, 현실에 대한 절망, 무절제의 과시욕, 명예욕, 허영심이 있기 때문이다. 즉 사회와 자연간에 시인의 위치를 비뚤게 선정하거나 전도 되였기 때문이다. 주화입마(走火入魔)란 말이 있듯이. 명상의 자아입지가 왜곡되거나 굴절되었기 때문이다. 이러한 현상은 허탈감과 공허감을 유발한다 하기에 시인의 명상은 언제나 긍정적인 적극적인 명상 이여야 한다.

본 명상 시집의 주제 사상은 자연 및 사회 생활과 감정의 연결 고리를 형상화하여 감화를 일으키려고 하였다. 『오월의 잔디밭에 누워』를 시집의 표제로 단 원인은 우리가 자연과 혼연일체가 되였을 때 생(生)과 사(死)의 경계는 사라지고 무한한 자유를 얻음을 의미화 하였다

시집을 내며 맺는 말

『연변문학』에 시로 등단한지 이미 50년이 되였다. 이 50년은 고군분투한 50년이며 시의 망망 대해에서 쪽배를 저어 방대한 시론의 갈림길을 헤쳐 나온 50년이다. 그간 5,000여수의 시작 노트가 있지만 발표한 것은 불과 1,000여수도 안 된다. 나의 시로 말하면 서정시, 담시(談詩)를 위주로 사회의 부조리에 대한 풍자시,

우화시, 해학 시, 취미 시, 자연 시 등을 썼다. 2007년 연변지용제 문학상에서 연변대학 박사생 도사 김호웅 교수님께서는 "조선족의 산재지구인 심양에서 우리 민족의 현실과 미래에 대한 깊은 우환의식을 가지고 심오한 시적 탐구를 했다는 점과 언중유골(言中有骨)의 유머스러한 시풍을 확립해 우리 시단에서 일가(一家)를 이루었다는 점이 높이 평가되어 결국 리문호와 그의 시집이 수상의 영예를 지니게 되었다."라고 평가하셨다. 이 평가는 나의 시 창작에서 이룩한 가장 큰 영예 자본이며 정진하는 고무로 될 것이다.

본 시집은 나의 시 창작 생애에 마지막 시집으로 될지 모른다. 이 시집을 몇 년 동안 준비하며 낼까 말까 망설이다가 용기를 내어 출판하기로 마음먹었다. 시집이 얼마나 큰 반응을 일으키기 보다는 노년의 취미 생활의 주요 부분이라고 생각되기 때문이다. 시집의 출간은 사회에 정신 재부를 기여하는 것이지만 시가 몰락하는 현실에서. 또한 나의 졸 시가 괜히 자연에서 온 종이를 양비 하지는 않은지 하는 가책으로 우려와 허탈감이 밀려오겠지만 나는 언제까지나 홀로 서기의 자존 감으로 시의 길을 갈 것이다

이 시집 출판에 따뜻한 정성을 깃들여 주신 한국학술정보 출판사 채종준 대표님과 선생님들에게 심심한 감사를 드린다.

리문호

-

1947년 3월 12일 길림성 집안시 태상촌 출생

1954년 심양시 만융촌 이주

적관: 평안북도 선천군

본: 아산(牙山) 이씨

1970년대 연변문학으로 데뷔

KBS 성립 45주년과 50주년 망향시 응모에 두 차례 우수상 수상

2007년 연변지용제 정지용문학상, 한국 안민문학상 최우수상 등 다수 수상

『자야의 골목길』(정지용 문학상 수상), 『팔공산 단풍잎』, 『달구지 길의 란』,

『달밤의 기타소리』, 『징검다리』, 『료녕성 조선족 시인시선집』등 출간

오월의 잔디밭에 누워

초판인쇄 2022년 9월 30일
초판발행 2022년 9월 30일

지은이 리문호
펴낸이 채종준
펴 낸 곳 한국학술정보(주)
주   소 경기도 파주시 회동길 230(문발동)
전   화 031-908-3181(대표)
팩   스 031-908-3189
홈페이지 http://ebook.kstudy.com
E-mail 출판사업부 publish@kstudy.com
등   록 제일산-115호(2000. 6. 19)

ISBN 979-11-6801-708-5 03810